TIGER×DRAGON 9!

竹宮ゆゆこ

插畫◎ヤス

——好痛。

聽到聲音之後豎起耳朵仔細聆聽。

但是微弱的聲音卻在狂風暴雪的轟然聲響中消失。雖然想要一探雪白的世界，不過整個身體彷彿快被捲入風暴裡。就算想看看聲音從哪裡傳來，可是冰雪碎片不斷狂舞，彷彿要割裂皮膚一般，連眼睛都幾乎睜不開。

——我摔下來了……好痛。

再度傳來的聲音極度微弱，必須快點找到才行。雖然心裡很急，卻又被迎面吹來的刺骨寒風一步一步往回推。

在銀白的雪地裡，竜兒看到比雪更蒼白的手指。

纖細的手腕、嬌小的手肘，接下來是肩膀，以及埋在雪裡的那張臉。

一心想要救她，拚命抬起深陷及膝雪中的靴子往前走，並且伸手想要握住那個指尖。

然而——已經不行了。

搆不到，來不及，彷彿失去支撐的身體滑了下去。

「唔哇啊啊啊啊啊大河啊啊啊————！」

1

抱頭喊叫的同時，竜兒以為自己摔到某個地方。

「喔！嚇……嚇我一跳……！」

驚訝地摀住嘴巴的手指不住發顫，手心滿是汗水，嘴唇嚐到一絲汗水的鹹味。

是夢，剛才只是短暫的惡夢。

顫抖的不是只有指尖，還有吐出的氣息和聲音——高須竜兒全身上下如今都在劇烈顫抖。緊繃的肌肉無法放鬆，就像滿身黏液的魔王快要撐破立領學生服之後變身。

幸好只是夢。可是怎麼會——

「……要、要不要緊？不管怎麼樣，先坐下再說吧，好嗎？」

聽到聲音的竜兒終於回過神來，注意到自己像個木頭人一樣站在教室中間發抖，與講台上的單身（30）戀窪百合對峙。其他同學則是不發一語坐在椅子上守護即將變身的竜兒。

「對……對不起！呃，我……睡、睡昏頭了……」

竜兒連忙坐下低頭掩飾火紅的臉。真是太丟臉了。

結束一整天的課，遲遲不見班導現身的竜兒只記得自己累得趴在桌上閉目養神，不知不覺就陷入淺眠、作了惡夢，結果在課後班會大喊同班同學大河的名字還站起來。

幹出這種蠢事，不要緊嗎？

「沒關係、沒關係，這也是沒辦法的。」

單身（30）的雙手交握在V領毛衣胸前，莫名沉著地不住點頭，以不像面對在課後班會打瞌睡學生的溫柔聲音說道：

「好朋友逢坂在雪山迷路，你的心靈受到創傷也是很正常的。」

其他同學也和班導一樣溫柔以待，沒有對竜兒的舉動落井下石。他們同時瞇起眼睛認同導師的話，靜靜等待竜兒恢復正常。

坐在第一排的北村祐作轉過身來「嗯嗯……」；坐在靠走廊座位的櫛枝実乃梨也轉過身來「嗯嗯……」；竜兒背後的春田和能登一定也在點頭。只有坐在靠窗座位的川嶋亞美看著窗外佯裝不知情。

「剛作惡夢的高須同學，明天別忘了交調查表喔。」

聽到班導的話，竜兒才注意到在他睡著時，有份調查表擺在他桌上。上面寫著：升學就業意願調查表。

「之後將根據這份調查表內容進行三方會談與分班。順便再提醒各位一次，請大家別忘了交。聽到了嗎？」

在零零落落的敷衍回應聲中，發出沉重嘆息的竜兒雙手抱頭，像隻煩惱的蝦子彎著背凝視調查表。

誰有空管什麼升學就業還是心靈創傷！

校外教學已經是一個星期前的事，初次挑戰滑雪的肌肉痠痛早已恢復，剩下的只有回憶。開心、不開心、好笑、笑不出來——然而在眾多回憶裡面最重要的，就是與逢坂大河有關的事。

她跌落到積雪的懸崖底下。

（好痛……）

在暴風雪裡失蹤。

太陽穴流著血，癱軟的脖子一片慘白。

（我摔下來了……好痛……）

（啊……北村同學？）

大河把來到懸崖下救人的竜兒誤認為是北村，在意識不清之時說道：

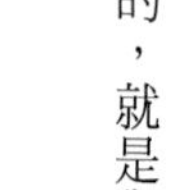

（我還是……）

「啊……」

竜兒不管問卷是否會被弄得皺巴巴，直接一頭錘撞向桌面，發出巨大聲響。其他同學全部當作沒聽見。

竜兒一邊聞著桌子的味道，一邊閉上眼睛屏住呼吸。每次想起大河不小心說出的那段話，竜兒的腦中就會和那天一樣刮起暴風雪。

我還是喜歡竜兒——大河如此說道的當下，正好被竜兒緊緊抱住。她錯把竜兒當成北村，使得竜兒沒辦法當面指正這種一般人不會犯的錯。好不容易攀上懸崖、能夠開口發問時，大河已經被其他大人送到醫院。

所以竜兒決定當成什麼也沒聽見、決定假裝下去救大河的人是北村，大河從頭到尾沒有說話。大河的聲音從此封印在竜兒刮著暴風雪的回憶（又名：精神性外傷）之中。

再說回來，問我是要升學還是就業？

妳叫此刻仍然脫離不了一週前那場暴風雪的我，去想明年分班的事？明天的事？未來的事？要選擇升學還是就業？

忘我的竜兒看起來有如服毒的鬼女。在這種情況下，要我怎麼思考升學或就業——

「呃，高須同學，要敬禮解散了喔？」

「喔……」

背後的女同學戳了竜兒幾下，他才連忙抬頭。其他同學都已經起立，只等北村下令對班導行禮。竜兒推開椅子起身，配合刻意不看竜兒的同學一起鞠躬。

班導走下講台離開教室，2年C班立刻陷入放學的喧囂，處處充滿談笑聲。

可是在這片喧鬧聲中，見不到大河嬌小的身影。

竜兒看著有如開了一個洞的空位，嘴巴癟成ㄟ字型。

大河將竜兒一個人留在暴風雪的世界裡，以自身跌落山崖的幻影禁錮竜兒，自己卻從現實生活裡消失。她沒有回家，在校外教學之後就沒有回來。單身（30）表示大河的親生母親帶她回去之後，她生了場病，因此待在東京的飯店裡休養。可是這番話到底是真是假無從得知，大河的手機也一直打不通。

竜兒的表情更加嚴肅，下意識地緊咬嘴唇，狠狠揚起三角眼瞪向大河的椅子。椅腳似乎在顫抖——應該是有人跑過附近的關係。

竜兒甚至懷疑大河會不會想起這一切了?事實上她的確說過那些話，而且不是對著北村，而是竜兒本人。她會不會已經發現，所以不打算再回來?

倘若真是如此，我該怎麼辦?椅子抖得更厲害……因為旁邊有個女生在跳。

已經放學了，竜兒卻僵立原地動彈不得。就算視線離開椅子，腦中的暴風雪依然持續颳個不停，這雙腳也因為那天的冰雪畏縮不前。

或許只要看一眼大河精神奕奕的模樣、一如往常的表情、聽聽她的聲音，竜兒就能脫離這片暴風雪的世界。

＊＊＊

「冷死了～～～！隊伍根本動都沒動～～！好冷～～！」

「剛才不是一次出來四個人……？唔——一直不動感覺更冷！」

「現在幾點了……？喔！」

竜兒看了一下手機，發現已經五點了。他順便確認有無郵件或來電之後蓋上收起，戴著手套的雙手摩擦到幾乎要冒火。

夕陽早已落下，街燈的白光照亮一旁國道上的車輛。

進入二月之後，天氣愈來愈寒冷，身體感受的溫度低於零度。傍晚時分的強風冰冷吹來，讓這幫高中男生瞬間噤聲，彷彿春天永遠不會來。

能登的耳朵上掛著耳機代替耳罩，雙手按住耳機（一點也不可愛）瞇起原本就小的眼睛不停發抖：

「一直喊冷也沒用，但是還是很冷！雖說愈冷拉麵愈好吃，可是忍耐也有個限度！到底還要等多久啊？」

「可以確定已經有半數的人進去了～話說回來，哇啊～我們後面還有這麼多人，一直排到紅綠燈那邊。」

「喂，別離開隊伍。排隊的人脾氣不太好，到時候當你是插隊的。」

竜兒扯住春田的帽子，把飄出隊伍的他拉回來，並且連忙對排在後面的學生點點頭，為書包碰到對方表示歉意。只不過對方反而「對對對對對不起！」連忙道歉，雙方有五秒鐘是在不斷向對方低頭道歉。

隊伍由國道沿線的人行道延伸到轉角，盡頭就是冒著熱氣的超人氣拉麵＆沾麵店……照理來說應該是這樣，但是三人前面的隊伍很長，還要很長一段時間才能吃到。如果輪到自己時，聽見老闆說聲：「不好意思，湯沒了。」搞不好真的會哭出來。

竜兒、能登和春田的目標是一家位在學校附近，很受歡迎的知名連鎖店。這間店前幾天才開張，聽學校的人說過一連數日大排長龍，只是沒想到這麼誇張。

能登和春田體貼大喊「大河——！」的竜兒，所以邀他一起來吃拉麵。

「沒想到會變成這樣。高須抱歉，耽誤到你採買晚餐材料的時間了吧？要不要緊？來得及嗎？」

能登一邊發抖一邊問道，於是竜兒揮揮手：

「沒那回事，我偶爾也想嚐嚐需要排隊的拉麵味道如何，再說我也不可能一個人來。既然排到這裡，就非得吃到才能回家！」

「啊～～真不想回家～～」

咦……吸吸鼻子的春田對著轉頭的竜兒與能登解釋：

「我的意思是我想吃拉麵～～可是不想回家～～」

「喂，你又幹了什麼？打破花瓶？還是弄破掛軸？」

「打破爺爺的盆栽？在狗臉上畫眉毛？」

「我爺爺早就死了，再說我也沒有養狗。不是啦～～我是認真的。自己說來也悲哀，你們也知道我很笨……」

這個我們都知道——竜兒與能登用力點頭。

「成績超爛……說談到升學或就業，就必須和父母商量。不論誰都會心情沉重……」

是那張調查表啊——升學就業意願調查表。想起這件事，竜兒也輕聲嘆息。即使現在沒時間思考這個問題，總有一天還是要去面對。「唉呀，真是的～～」在面對面嘆息的春田與竜兒面前，只有能登還是一副開朗的樣子：

「幹嘛那麼嚴肅？明年聯考前再煩惱就好了。這次的調查只不過是為了作為分班時的參考依據而已。」

然後望著春田流鼻水的臉問道：

「話說回來，你是選文組還是理組？」

「呃……哪個組都不是，應該先看我能不能順利畢業……之前百合就提醒我，照這個成績看來，恐怕連升三年級都很難……前陣子還特地打電話到我家，爸媽超級鬱卒的～唉，不過文組可能好一點，理組三年級的數學很恐怖吧。小登登應該確定是文組了吧？」

能登點頭同意——他是標準的「國文就算沒念也很厲害」的類型。

「對，接下來是進入大學的文學系，然後找間出版社工作，當個音樂雜誌的編輯，或是當一個評論作家。這就是我的目標。」

「喔～小登登以前就說過了。我現在只求畢業就好，如果可以靠推甄進大學就好，就算專科學校也好。唉，反正我最後都是要接老爸的工作～」

「你家是做什麼的？」

「內裝～」

內裝……？

「很專業啊～帥呆了～聽說滿賺錢的～」

……原來是室內裝潢。好不容易聽懂的竜兒不自覺來回看著春田和能登的臉：

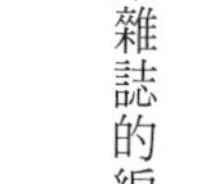

「雖然有點失禮，不過我真的沒想到你們對將來的事考慮得這麼周到。看來只有我一個人什麼打算也沒有。」

「唉呀，你說什麼傻話。」

鼻子冒出白霧的能登開玩笑地蹦蹦跳跳，還用肩膀撞了一下竜兒（一點也不可愛）：

「高須那麼聰明，將來要做什麼都沒問題。數學這麼好，打算選理組嗎？和北村大師一起進國立大學志願班也沒問題吧？」

竜兒等人就讀的是升學高中，表面上所有學生都以升大學為目標，因此到了三年級會分成理組、文組各三班。其中理組、文組各有一班名為「國立大學志願班」，名額只有二十五人的資優班。這個名稱是源自於很久以前會念書的學生都是進入當地的國立大學，現在這兩個資優班的學生多半是考上東京的私立名校。而在畢業之前就出國的狩野堇在校時，也是屬於理組的國立大學志願班。

「不是聽說國立大學志願班的上課進度很趕嗎？上學期就要結束三年級所有課程，下學期全部用來準備聯考。雖說現在的成績進得去，可是……我還在考慮。與其讓還不曉得要不要升學的我進去，不如把名額讓給更合適的人。」

「咦！你成績那麼好卻不打算升學？要工作嗎？」

竜兒反而被能登驚訝的叫聲嚇到：

「我還在考慮。因為我家沒什麼錢，也沒有打算隨便念間二流大學或是想要有什麼了不起的成就……雖然不討厭念書，繼續當四年學生也不錯，問題是……總之我想先工作存錢，之後再去念大學。」

「怎麼會沒錢？你媽不是開店嗎？」

「店是別人的，我媽只是裡面的員工，而且那也不是長久之計。雖然我媽從考高中時就常說：『小竜將來要上大學，所以一定要考上升學高中喔～☆』」

能登雙手抱胸仰望昏暗的天空：「這樣啊……原來高須的綽號是小竜……」「很噁吧？」

隊伍在閒談之時逐漸前進，春田推推沒注意的兩人：

「好了好了，你們兩個前進吧～」

「總之可以確定我和高須明年不會同班。和春田一樣是文組，所以還有可能同一班。這麼說來……對了，也要和大師分班了。」

「再前進一步～冷死了，靠近一點。啊～如果和小登登分開，剩下我孤伶伶一個人，我一定會寂寞到死～以後大家雖然不同班，別忘記我們還是朋友喔～女生她們呢？小高高打聽過了嗎？」

「……打聽什麼？」

「當然是櫛枝啊～她選文組吧？長相看起來就像文組。」

「大概是、文組……吧。」

面對春田的問題，竜兒盡量回答得若無其事——

「大河沒、沒提到、那方面的事……」

竜兒認為自己舌頭轉不過來，純粹是因為吹過來的強風冰冷刺骨所致。「這樣啊〜〜」

春田低聲唸唸有詞，旁邊的能登也是一臉嚴肅地點頭說道：

「那麼高須註定要和櫛枝分班了，真可憐……話說回來，你和那位小姐最近如何？好像不太說話了？」

「如何……就和那天一樣。」

那天——指的就是校外教學在旅館休息室獨處的那天、就是心中認為是最後告白機會的那天、就是終於徹底明白櫛枝実乃梨絕對不會愛上自己的那天。

明白這點之後，竜兒也無法繼續這段單戀。

「果然還是會尷尬。」

「也算不上尷尬……該怎麼說，我也沒有特別迴避她。」

「放棄了嗎？」

「……或許該說沒力了。」

竜兒確實考慮過無論能不能得到回報，也要繼續單戀下去、作好繼續受傷的心理準備、心中更期待也許実乃梨哪一天會了解自己的心意，因此改變主意、相信自己的想法會在某一天改變她。竜兒這麼相信，也準備持續這段單戀——如此犠牲的戀情多麼美麗、動人、有價值。竜兒明白，竜兒也懂。

問題是——

「這樣啊……」

「這也沒辦法～你已經盡力了～」

竜兒不會這麼做，而且也辦不到。

比起遭到実乃梨拒絕的當下，現在的竜兒更確信自己「不會這麼做、辦不到」。竜兒清楚除了甩人與被甩之外，還有哪些方法能夠結束這段感情。

接著只要展開新的日子，生活為之一變、煥然一新……怎麼可能？怎麼可能那麼容易就忘了一切往前走。

放棄對実乃梨的單戀，就此失戀的同時，竜兒知道大河的心意。而大河在對竜兒洩漏她的心意之後，接著便消失無蹤。竜兒不曉得她不回來的原因，只剩下他一個人待在這裡。竜兒直到現在還跨不出腳步，一個人留在原地。

感覺就像被無法更新的過去牽絆，如今仍然在那場暴風雪之中徬徨，與不可能存在的大河聲音，一同冰封在不可能存在的冰雪世界。只有竜兒獨自原地踏步，忘了對未來抱持夢想，一個人留在不斷發展的現實生活裡。竜兒連自己明確的心情都看不見，更別說是對於未來的規劃。

「啊——冷斃了。」

沿著背脊爬上來的寒氣讓竜兒緊咬牙根，抱住自己快要凍僵的肩膀不停摩擦。他在腦中胡思亂想：如果發生的事能像日曆一般每天撕掉丟棄，那麼該有多輕鬆。

「小高高，打起精神來～馬上就可以吃到拉麵了。」

春田伸手戳刺竜兒縮成一團的背，一邊呼出白色氣息一邊傻笑：

「小高高最近發生太多事了～先是在耶誕夜被櫛枝甩掉，然後又是住院，校外教學時又被甩了一次，再加上老虎失蹤，之後又一直請假。這也難怪你會覺得冷。」

「另一方面，櫛枝倒是完全沒變。如果不是高須告訴我，我還真是看不出來她剛甩了別人。她為什麼可以那麼堅強？」

「她和亞美吵架的後續怎樣了～？女生的事我們也不好介入～對了，小登登和麻耶和好了嗎？」

「這……當然還在冷戰……」

三個男生面面相覷，無話可說。竜兒搓搓快凍僵的鼻子，看向自己的腳邊。

現在的実乃梨應該忙著參加社團吧。今天只和她聊了幾句——大河今天還是請假，手機也打不通——只有這樣。

只有這樣，後面什麼也沒有。囚禁在暴風雪世界裡的竜兒，空虛確認自己的傷口。這段戀愛沒有結果——唯有這件事是確定的。

「喔、好像一口氣前進很多。」

轉角的拉麵店出來一群吵鬧的客人，讓漫長的隊伍迅速縮短。

「嘿！接下來的三位客人裡面請——！」

聽到充滿魄力的叫喊聲，竜兒三人互看彼此一眼。「輪到我們了！」將冰凍人心的現實拋到一邊，往門簾另一頭熱呼呼的拉麵靠攏。穿過深藍色門簾的三人總算來到悶熱昏暗的店內，「歡迎光臨！請進！」店員熱情歡迎他們。

「三位請坐吧檯——！喔啊啊！」

喔啊啊！真是充滿幹勁……就在竜兒抬頭看向遞出水杯的女店員那個瞬間。

「喔？」

差點從正要坐下的椅子上滑倒。竜兒用力站穩腳步，右邊的能登書包掉落，左邊的春田噴出口中剛喝下的水。

「別看我——————！」

隔著吧檯的某人不停扭動身體：

「騙你們的！看吧……」

啪！對方岔開雙腳站立原地。她——櫛枝実乃梨發出「嘿嘿嘿……」的笑聲，頭上捲著毛巾遮住頭髮，身穿寫有拉麵店名的黑色T恤和圍裙。這副場景實在太過真實，充滿現實的感覺。

「喔……」

竜兒忍不住伸手指向那張無人能敵的笑臉：

「妳……是誰！」

錯了，竜兒真正想問的是：妳在這裡做什麼？雖說每天都會在教室碰面，但是像這樣突然現身，還是會造成影響。

「我是工讀生！」

「不是，我是說……社、社團活動呢！」

「已經結束了！冬天太陽下山得早，所以比較早結束！話說回來，真沒想到你們會排在隊伍裡，嚇了我一跳。好了，你們要點什麼？順便說一聲，敢說要點帥哥（註：日文裡的帥哥與拉麵發音相似），我就戳瞎你們。」

「帥哥。」

「帥哥。」

「帥哥。」
我戳、我戳、我戳！実乃梨的大拇指從右邊依序插向三人的一隻眼睛。
於是能登說道：
「抱歉，請給我們三碗拉麵。」
「ＯＫ——選得好！拉麵三碗！」
喔！比吧檯高一點的廚房傳來低沉的回應。
從店員忙碌往來的廚房中透出強烈的燈光，裡面有許多閃亮的圓鍋在火爐上發出光芒。店員幾乎都是男性，只有少數女性，然後就是実乃梨。他們全是同樣打扮，流著汗水俐落地準備客人的餐點。
「妳還在這裡兼差……家庭餐廳呢？」
伸直手臂擦拭吧檯的実乃梨聽到竜兒的問題，轉頭回應：
「家庭餐廳那裡沒有辭職，不過這邊的時薪比較高，所以我試著先排兩個小時的班。」
她在竜兒面前比出Ｖ字手勢……不，是兩個小時的意思。那張不知疲倦為何物的開朗笑臉今天也是充滿活力。無論竜兒的內心如何變化，実乃梨都不改無憂無慮的笑容。
「話說回來，我們要吃櫛枝做的拉麵嗎？不會吧～～排了一個半小時，竟然要吃門外漢煮的拉麵～～？」

「當然不是我煮，我只是負責外場、洗碗和招呼排隊的客人。」

聽到旁邊有客人喊著：「買單──！」実乃梨連忙大聲回應，然後奔往收銀機。竜兒目送她的背影，忍不住小聲說道：

「……我們呆立寒風中時，她已經結束社團活動來打工了……」

「太強了。」身旁的能登也低聲說道。

正當竜兒在想著日曆之類的無聊事時，櫛枝実乃梨從不曾停下腳步，將原地踏步的竜兒扔在一旁，繼續往前走。留在原地的竜兒與不斷前進的実乃梨，兩人的距離漸行漸遠。她執著於停下來就會死的生物本能，毫不猶豫地與被自己拋棄的竜兒對話。

同為同樣年紀的人類，為什麼會有這種差異？留在暴風雪世界裡的竜兒忍不住想問。這個差異是出自與生俱來的引擎不同嗎？如果真是這樣，這個差異未免太大了。

「妳為什麼整天忙著打工啊？」

能登對正在清理桌上碗盤的実乃梨問道。只見她俐落地把碗疊在一起並且一把抓住，空下來的那隻手忙不更迭地擦著桌子，同時一邊回答：

「高二再過兩個月就要結束了，就當作是最後衝刺。」

実乃梨的回答很難懂。這麼說來，之前竜兒問到同樣問題時，実乃梨也沒有正面回答。記得大河似乎也說過，不清楚実乃梨為什麼老是在打工。

「工讀生不要聊天！快點把碗拿過來！」

聽到突如其來的怒罵聲，実乃梨忍不住縮起脖子：「那是店長，他的眼睛就要張開了。」離去之時的話讓竜兒等人一頭霧水。

「眼睛？張開？」

「難不成他平常總是閉著眼睛？那樣不危險嗎？」

店裡突然陷入一片寂靜，客人的視線全都看往吧檯，只見一名歐吉桑現身在耀眼燈光下，雙眼緊閉。某位客人輕聲說道：「要張開了……」

這到底是怎麼回事？竜兒等人靜靜等待事情發展。歐吉桑在此時用力睜開眼睛，可是只不過是普通的單眼皮，沒什麼好驚訝——

「祕技——六道輪迴！」

瞬間從沸騰的巨大鍋中拿起裝有拉麵的網勺，裡面的麵趁勢飛出，冒著水蒸氣縱橫交錯旋轉，灑出的熱水襲向竜兒等人的側臉。

「燙燙燙燙燙燙！」

現場只有被燙到跳起來的三人不清楚，這招可是平常總是閉著眼睛的店長才會的招式，也是這家店（店名是「十二宮」）的甩水特技。

這樣很危險好不好！竜兒趕緊往後退，但是其他客人卻是一臉陶醉地「呼——♪」把臉

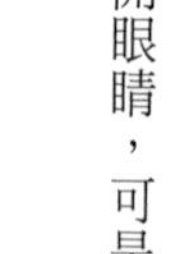

伸過去迎接。

＊＊＊

拉麵雖然好吃，卻比估計的時間還晚到家。

竜兒把圍巾拉到嘴巴附近，雙手提著袋子獨自快步走在天色已暗的櫸木林蔭道上。陣陣寒風把他的耳朵凍得發疼。

今天的晚餐要盡快做好。竜兒差點敗給誘惑購買熟食，最後還是拒絕誘惑，買了油豆腐、豬肉和白蘿蔔，準備煮道簡單的白蘿蔔泥豬肉鍋。先前從房東那裡拿到很不錯的大白菜、蔥末已經切好了、房東給的柚子也還有剩、調味料充足，接下來只要把這些材料和清酒、昆布一起放進鍋中，將白菜煮出湯來。

冷凍白飯應該還有剩，只要二十分鐘就可以煮好晚餐。竜兒的皮鞋踩出噠噠聲響走在冰冷的柏油路上，轉過熟悉的轉角踏上回家的路，稍微停下腳步仰望二樓房間的窗戶。

這個舉動是這個星期養成的習慣。

抬頭看到大樓房間窗簾拉上，客廳也是一片昏暗，感覺不到人影晃動。

還沒回來嗎？仰望那間房子的竜兒忍不住皺起眉頭、張開嘴巴。那個房間的主人究竟去了哪裡、在做什麼、為什麼不回來？停下腳步的竜兒口中呼出白霧。

仰望漆黑的窗戶，想像力再度張開翅膀——那天聽到的聲音……我還是喜歡竜兒……低聲呢喃的聲音再度回到腦中。那是竜兒最後一次聽到大河的聲音。仰望空無一人的房間，思索著有沒有什麼線索，有沒有什麼原因讓她不回來？

班導說她身體不適，那是真的嗎？之前說過只是輕傷，會不會其實傷勢很嚴重？如果不是，難道是她誤會我正在和実乃梨交往，所以感到很痛苦？

會不會是她知道自己不小心透露對我的心意，所以沒有臉再次出現在我面前？說不定真是如此。

「那個笨蛋……」

竜兒低聲唸唸有詞。即使大河聽不見，他還是想這麼說。

如果大河不回來的原因不是身體不適，而是如同竜兒的猜測，那麼大河真是太蠢了。用這種方式逃避又能怎麼樣？她打定主意永遠不回來，不再和我見面了嗎？難道她以為這樣拋下我一個人，就能夠當作什麼事都沒發生嗎？她以為矇上眼睛、塞住耳朵，不去知道我和実乃梨的發展就沒事了嗎？

如果是這樣——竜兒甩甩頭，想要揮去浮上腦海的想法。

這些全是建立在「如果是這樣」的個人妄想。

仰望豪華大樓再怎麼思考，也得不到答案。不向大河本人詢問就不知道，因此即使認為「忘了一切回到從頭，大河也許就會回來」仍是一點意義也沒有。畢竟記憶不是單方面的想法可以操控。

讓人幾乎睜不開眼睛的北風吹得他渾身發抖。竜兒重重嘆息，再度挪動腳步前進——還得準備晚餐才行。他瞄了一眼大樓入口大廳，然後準備離開。

「……呃啊！」

眼前在這時變得一片黑，被人勒住的喉嚨無法呼吸。在竜兒差點倒下去的瞬間，看到隨機殺人魔的真面目。

啪沙！手上的購物袋掉落地上。「大……」

大河——殺了我。

「啊，不妙……」

竜兒的眼角看到大河放開抓住圍巾的小手。一陣冰冷空氣竄過遭到卑鄙手段從背後勒住的喉嚨。

「咳咳！咕……咳咳咳……！咳咳！」

「討厭，幹嘛那麼誇張。」

竜兒沒用地單膝跪地咳個不停，眼裡滿是淚水。

「這……這個、笨蛋……！」

竜兒作勢要揍，用力吼出剛才想說卻說不出口的話：

「光是一句『啊，不妙。』就可以把人勒死嗎！我的意識差點離開身體了！妳到底想怎麼樣？這樣出現未免太奇怪了吧！」

竜兒不停抱怨，對著嘟起嘴巴，一臉「唉呀，真是抱歉，我可沒有惡意。」表情的大河伸出食指。

「唉呀，真是抱歉，我可沒有惡意。」

……說了！她真的說了！竜兒的可怕眼睛發出光芒，瞪著以一副了不起的模樣挺起胸膛，驕傲地抬起下巴的大河。

「我在那邊轉角就看到你了。想出聲叫你，又覺得在大馬路上大叫很丟臉，所以揮了一下手，可是你完全沒注意。你的眼睛怎麼了？眼珠上抹油了嗎？到底有沒有洗臉？」

「妳說啥……！」

竜兒彷彿唸咒般低聲唸唸有詞，才想到伸手保護重要的喉嚨。目前是竜兒暫居下風。

大河從竜兒背後抓住圍巾用力拉扯，像猴子一樣吊在竜兒身後。這樣亂來竜兒的脖子當然會被勒住、差點窒息而死。再說——

「開什麼玩笑！我才想問妳這陣子、到底……到底是……到——」

竜兒的話說到一半，嘴巴突然動彈不得，聲音也塞在喉嚨裡，指著大河鼻尖的食指不停發抖，說不出該說的話，同時也站不起來。大、大、大……

「……妳不是大河嗎！」

竜兒好不容易大叫出聲，睜大眼睛高舉雙手癱軟在地。嚇死人了——竜兒發不出聲音也說不出話來。

「啥？我跟你很熟嗎？幹嘛？」

竜兒的身體為之顫抖。大河回來了。

站在竜兒面前的大河不屑地說道：「要說夢話等到了另一個世界再說吧？」瞪著他的不悅視線透露符合「掌中老虎」的凶狠：順便告訴你，送你去另一個世界的人正是我。

大河身穿制服和平日常穿的連帽大衣外套，大包包斜背在一邊，雙手插在口袋裡，以桀敖不馴的態度高抬下巴。鼻子因為寒冷而凍得通紅，及腰的長髮束起落在單邊肩上，有如黑手黨一般掛在脖子的圍巾垂至胸前。

太陽穴還看得見白色的ＯＫ繃。

「大……大河……」

她回來了，回來了，回來了——排山倒海而來的所有情感，讓站不起身來的竜兒驚訝到嘴唇發抖。大河嘖了一聲：

「你是怎麼了，從剛剛開始就很奇怪。」

大河因為竜兒的反應感到不耐煩，低著頭以45度的角度瞪視竜兒。

「妳、妳、妳……」

「你到底想說什麼！」

「妳……妳跑到哪裡去了……？為什麼沒有馬上回來！」

「呃啊！」

竜兒渾然不知自己在做什麼，他對大河伸出雙手，順手拉住方便拉扯的地方——這絕不是報復大河剛才的行徑，竜兒真的只是剛好、碰巧去抓到大河圍巾的兩端，狠狠地拉扯而已，結果卻是大河遭到絞首。竜兒一邊發抖著一邊追問：

「妳知道我有多擔心妳？這些日子，妳到底、和誰、在哪裡、做什麼！」

「快……快死了，笨蛋！」

啪！大河以一刀兩斷的氣勢用力揮舞右手，正好命中竜兒的下巴。痛！可是、但是、問題是……

（可是……）

「你這隻豬頭犬夜叉阿修羅臉到底在搞什麼啊！金骨人！」

「喔喔喔！喔！」

啪啪啪！啪！抓狂的大河狠狠賞了竜兒幾巴掌，竜兒也以華麗的動作躲開最後兩掌。

「不准躲！」巴掌落空的大河任性地發出怒吼，更加憤怒地撲到竜兒身上，拉住他的衣領，兩手硬是拉扯竜兒的臉、耳朵和頭髮，大口吸氣準備對著竜兒的鼻子一陣痛罵——

竜兒看見倒映在大河眼中的人行道街燈。

大河每次眨眼就像有星星灑落，眼睛閃爍不可思議的深沉色彩。

觸碰自己臉頰的雙手莫名火熱，快要碰到的嘴唇、近距離的氣息傳來她的體溫——

「……！」

「你——」

竜兒拚命掙脫。

那股莫名的動搖讓他不知不覺認真起來。他以難看的姿勢扭動身體，使盡全力脫離大河溫暖的雙手。

兩人無聲對峙，沉默降臨冰冷的柏油路。

竜兒面前的大河似乎對竜兒突如其來的抵抗反應不及，愣然張開的嘴唇和不解的表情像是在說：這不是我們之間常見的互動嗎？

竜兒說不出半句話來，只是覺得剛才被抓住的耳朵、臉頰有如火燒一般熾熱。他不曉得自己該如何是好，只能轉開視線不看大河的臉——大河在藍色夜空下看著竜兒。

我該以什麼表情面對大河？我的臉現在是什麼顏色？竜兒沒有答案。可是望著竜兒的大河似乎想到什麼，輕輕屏息。

「怎麼了……」

竜兒看見她蒼白的臉頰上微微泛紅。

臉頰隨著每個發抖的呼吸慢慢泛上一層薔薇紅，然後——

（我還是——）

「怎樣啦！」

大河睜大的眼睛像是受傷的野獸拚死抵抗般，散發強烈的光芒。「唔喔喔！」「怎麼樣怎麼樣怎麼樣怎麼樣、到底怎麼樣啦！」大河揮舞雙手再度襲向竜兒，似乎想要摧毀手搆得到的範圍裡所有的東西。大河隨便揮動四肢將竜兒逼到牆邊：

「你到底想說什麼……？」

「……！」

大河再度從極近距離瞪視竜兒，一拳揍向他的胸膛。

這樣一來，情況又回到最初——大河硬是抓住竜兒的衣襟，整個場景重來一遍，就連詭異的氣氛也完美複製。問題是臉頰一旦著火，就沒那麼快恢復。大河的耳朵也染上薔薇色澤，還是屏息咬唇繼續瞪著竜兒。

是竜兒被抓住的喉嚨在發燙，還是大河的手？是竜兒的胸口在「噗通噗通！」作響，還是大河的心臟——

（我還是……喜歡竜兒。）

就在這一刻，大河的雙手緊緊抓住竜兒的喉嚨和肩膀，並且把臉湊近。唔哇！走開！啊！竜兒還是叫不出聲音，雙腳已經離地，身體也浮在空中。

到底發生了什麼事？竜兒的腦袋突然一片空白。

比絞首更驚人的衝擊有如流星撞擊腦袋，將這個身體撞飛出去。世界粉碎、天地顛倒、星球燃燒殆盡——一把火把這個世界燃燒殆盡。

什麼都看不見，什麼都聽不見的竜兒對著天空大喊：「到底是怎麼回事？」

「是掃腿！」

「……喔！」

咚！一臉不悅的大河從上方湊近，倒在路上的竜兒像個笨蛋回想整個情況。

「喔喔……原來是掃腿……！」

被大河一掃，天旋地轉的竜兒便以難看的姿態躺在地上。幸好大河抓住他的脖子，竜兒的腦袋才沒有撞到地面。等等，這算什麼「幸好」——

「妳為什麼要這麼做？這算什麼！試刀殺人？強盜？襲擊我有那麼好玩嗎！」

「抱歉，還不是你用奇怪的眼神看我，這是清純少女感覺到危險時的本能反應。」

「我只是因為妳突然回來而嚇到！話說回來，先動手的人可是妳！我才有危險好嗎？」

「你剛剛勒我耶！」

「是妳先勒我吧！」

竜兒悠悠起身，以指揮家般的動作一邊揮舞雙手一邊靠近大河。怒氣沖沖的大河把頭轉向一邊，這個舉動更是惹火竜兒：

「我一直、一直、一——直在擔心妳到底怎麼了？發生什麼事了？為什麼還不回來？結果妳連個電話也沒打就突然跑回來，還勒住我的脖子！揍我！最後把我摔出去！這整件事情到底是怎麼回事，妳給我解釋清楚！妳這陣子人在哪裡！不回來的原因該不會是因為妳對我喔喔喔喔喔喔喔喔喔喔喔喔喔喔——！」

「呃……？」

突如其來的大叫，大河不由得嚇得說不出話來。

覺得不太舒服的她安靜退後一大步，和竜兒保持距離。竜兒看著大河，額頭、腋下和背後冒出汗水。這教我怎麼說？

怎麼能說？我怎麼可能說出——

『妳喜歡我對吧？妳錯把我當成北村，對我告白了喔。妳還記得嗎？妳不回來這裡，該不會是因為在意這件事吧？』

怎麼可能說得出口。

竜兒吞下不能說的話，屏住呼吸。大腦和全身都麻痺了，只剩胸中的心臟像個獨立的生物莫名跳動不停。

大河皺著眉頭，以彷彿看到什麼恐怖東西的眼神靜靜看著竜兒——兩個人準確保持兩公尺的距離。

可是她說過，她喜歡我。

「喔喔喔喔喔喔、喔喔、喔喔喔喔……喔喔喔……」

既然回到這裡，表示她已經有所覺悟？

再度回到不小心表白的我面前，也就是說，她已經做好心理準備聽我的回答……所以才會、才會選擇回來，是嗎？

既然如此，我該怎麼回答——

「白蘿蔔……！」

咻！

竜兒撿起從購物袋裡滾出的白蘿蔔指向大河的鼻尖。大河又嚇了一跳，靜靜凝視白蘿蔔的尖端。

「你真的不要緊嗎？」

「不要緊！豬肉……！油豆腐……！」

竜兒把購物袋裡的東西一個接著一個拿出來。

「冷凍炒飯！」

於是大河也把裝在便利商店袋子裡的冷凍炒飯貼在竜兒臉上。「哇——喔！」那股寒意讓竜兒忍不住發出怪叫，還跳了起來：

「冷、冷死人了！妳在幹嘛！」

「恢復正常了嗎？」

聽到大河淡淡的語氣，竜兒張開嘴巴想要回應：「妳以為是誰先開始的？」或「想問什麼就直接問吧！」

「這個傷要十天才能痊癒。已經快好了。」

然而大河只是撥開瀏海，手指向太陽穴的白色ＯＫ繃。看著大河的舉動，竜兒嚥下原本想說的抱怨，皮膚滲出的汗水頓時被隆冬的北風吹乾。

曖昧混亂的記憶與想像的城堡瞬間崩毀，眼前只剩壓倒性的現實與事實。

逢坂大河在一個星期前遭逢意外，太陽穴受了傷——這件事竜兒記得很清楚。

「縫……縫了幾針？」

或許他已經分不清哪些是想像，哪些是現實了，因此當他親眼看到大河的傷口時，才會那麼震驚。盯著白色ＯＫ繃的竜兒動彈不得也無話可說，可是大河卻以沒什麼大不了的模樣哼了一聲：

「傷口沒有大到要縫的地步。醫生說只要縫一針，就像用大釘書針釘一下，那樣可以比較快復原，但是我堅決拒絕。那樣很恐怖吧。現在傷口已經癒合，幾乎不痛了，也可以像平常一樣洗頭，只不過有點癢就是了。」

「喂，不准抓！」

竜兒看到大河用手指搔弄傷口，連忙抓住加以制止。大河大概是覺得快好的傷口會痛，於是粗魯甩開竜兒的手，手心輕輕按著ＯＫ繃說道：

「嗯……抱歉，我知道你在為我擔心。我的傷就如同你所見，沒有什麼大不了。身體不舒服只是胡說，我好得很，只是不想上學。」

「是嗎？那就好。既然這樣……咦？啊？啥？」

竜兒用力睜大眼睛。大河望著竜兒，一副「你不懂我的心情」的樣子聳聳肩：

「因為我很久沒和媽媽見面，也沒想到她會來接我，不禁為之感動。所以我們兩個人就住在飯店裡，一起買東西、吃飯、看電影、聊天，享受兩個人的悠閒時光，忍不住就撒起嬌來了。」

「和媽媽在一起……？因為這樣所以沒回來嗎……？」

「是啊。我和媽媽關係很好，雖說我們已經分開好幾年，也有點距離，不過我對媽媽沒有像對那個混帳老頭那樣的期望，所以反而能夠坦然相處。」

聽來像是事先準備好的台詞頗有說服力，大河也逕自點頭。

「點什麼頭啊……！」

竜兒終於顧不得自己坐在地上並且抱著頭，把這週的混亂化為嘆息一次吐盡：

「妳知不知道……知不知道我有多擔心……？而且手機為什麼不開機？也不交待一下原因！好歹傳個簡訊告訴我啊！」

「手機沒電了。」

「便利商店，還有通訊行不是可以充電嗎！」

「啊——是喔，我不曉得。」

聽到大河說得一派輕鬆，竜兒不禁無力垂下肩膀。也對，沒想到會是因為沒電……整個禮拜和母親過著悠哉的生活……看來只有我一個人困在那場有如夢境的暴風雪裡。

「搞什麼啊……真是夠了……！可惡！」

聽起來雖不合理，但是大河沒事比什麼都教人開心。從那一刻起便受到驚嚇、動不了的人只有竜兒。受害者只有一名，如果這樣就能了結，那麼也沒什麼不好。竜兒起身拍拍弄髒的制服，重新振作。

另外就是——對了，也就是說。

竜兒的猜測完全錯誤，大河沒回來的原因與那次「告白」無關。

「我也覺得沒和你聯絡真的很抱歉。你當時和北村同學、小実一起來找我吧？」

大河對著竜兒伸手一指，大眼睛由下往上望過來。竜兒稍微推開她的手指說道：

「……妳應該沒印象吧？畢竟妳都昏過去了。」

「這是戀窪百合在我住院時告訴我的。她說你們太亂來，而且還很生氣。可是我聽到時很高興。」

謝謝你們——大河難得這麼老實。

「我答應你，下次當你陷在雪地裡時，我會去找你。」

接著她以很認真，又有點害羞的模樣用力點頭。看到大河的反應，竜兒心想：果然。

竜兒再度確定大河什麼也不記得。而她回到這裡的原因，是因為和母親的假期結束，並非下定決心要聽竜兒的答案。

既然這樣——我也可以當作沒聽見她的告白，讓一切就此恢復原來的樣子。只要我忘掉大河的告白就好。

所以當作什麼也沒發生。已經記得的事情雖然不能消除，但是竜兒可以假裝忘記，就像実乃梨無視竜兒的心情。

這種做法在當時傷了竜兒，不過大河應該不會受傷吧？因為竜兒理解大河的心情，他知道大河的決定是「不說」。

「……妳真的什麼都不記得了？」

嗯！看到大河點頭，竜兒更加確定自己的想法無誤。

「不過……」大河垂下長睫毛，低聲唸唸有詞：

「我好像有作夢，夢見北村同學揹著我，然後睡昏頭的我對著他胡言亂語。這件事應該是夢吧……」

竜兒回答得毫不遲疑：

「那是夢。」

此時突然吹起凍死人的寒風，「好冷！」大河低聲說道，一手按住吹亂的頭髮，連忙拉起大衣的前襟，縮起嬌小的肩膀並且皺著眉頭。

「……北村的確揹著妳爬上懸崖，不過妳什麼話也沒說。他說妳一直處於昏迷。」

「真的？太好了，我一時之間還在想『糟糕！該不會是真的吧！』」

「妳真是——」

竜兒硬是吞下有如卡住喉嚨的話語，低頭舔著嘴唇。這番謊言大河居然接受了，完全沒有發揮平常敏銳的觀察力。

「真是笨死了。」

這是竜兒發自心底的真心話，不過大河似乎也沒發現，只是「有意見嗎？」嘟了一下嘴唇之後說道：

「嘖！雖說很不甘心，我也找不到其他話可以反駁。沒錯，我就是笨。這次發生的事讓我更加清楚明白這一點。不過……我雖然笨，還是有認真的地方。」

大河似乎下定什麼決心，凝視竜兒的臉如此說道。

「我有件事一直想問你……你有沒有問出小実的真心話？該不會因為我發生那場意外，搞得整件事不了了之？」

竜兒突然想到。

如果這雙眼能看見大河的心傷，以及傷口流出的鮮血，現在應該早已一片血紅。

「我和櫛枝的事，已經無所謂了。」

「為什麼?啊，你的意思是不希望我這個『麻煩製造機』插手嗎?那麼我——」

「不，我不是那個意思。不是那樣，和妳沒關係……真的沒什麼好問的。」

大河似乎無話可說，只能閉上嘴巴，睜大聽見実乃梨甩了竜兒時落淚的那雙眼睛，靜靜回望竜兒。

不過就算她的眼神再銳利，竜兒的答案還是不變。不能說的話「妳這麼希望我和櫛枝在一起嗎?」以及不能問的心情也沒有改變。

「……我不明白你的想法。」

大河的眼眸在搖曳。

「不過，我只有一件事要告訴你……如果需要我的幫助，一定要告訴我，一定!就算我笨手笨腳，也會認真幫助你。」

她的心情肯定沒有絲毫虛偽。這就是大河，就算知道自己喜歡的人有喜歡的對象，她也願意出手相助，成全對方的戀情。關於這一點，竜兒可是再清楚也不過。當大河得知北村因為單戀狩野堇而痛苦不已時，她為北村所做的一切，竜兒全都親眼見證。

沒錯，北村的戀情無疾而終，對方也遠走他鄉。然後是現在。

「……我也不懂妳到底在想什麼。」

大河為什麼會喜歡我？又是如何處置對北村的單戀？

竜兒雖然想知道答案，心裡的某個角落也在自問：知道了又如何？難道自己真的想把大河那天的聲音和內容忘得一乾二淨，重新支持大河與北村的戀情？難道要說服大河：「妳不是喜歡北村嗎？」難道要對她說：「情敵已經不在了，加油！」我是真心想這麼做嗎？

「好冷——！站在這種地方說話簡直像是蠢蛋。我要回去了，以免感冒。」

大河轉身朝著大樓的大廳走去，打算結束這場沒有結論的對話。

「……等等。」

「才不要，好冷。」

「妳的晚餐只有冷凍炒飯嗎？來我家吃吧，泰子也會很開心……她也一直擔心妳。」

竜兒忍不住對著她出聲喊道。但是大河只是稍微轉過身搖頭：

「不了，我喜歡冷凍炒飯。幫我跟泰泰打聲招呼，告訴她我很好。」

「妳幹嘛這麼愛面子？」

「我……我哪有愛面子？面子那種東西早就不存在了。」

大河邊走向大廳的樓梯邊以開玩笑的模樣回頭笑道。在透明到快融化的蒼白臉上，鼻尖稍微發紅，大概是因為天氣太冷的關係。

「今天我還是回家。我累了，只想快點吃完上床睡覺。別擔心，明天我會去學校。」

冰冷的旋風吹動大河的裙子與外套帽子，自動門發出沉重聲響之後關上。

2

核子戰爭造成文明毀滅，生化武器的病毒蔓延，造成超過九成的人口死亡，還留在這世界上的人們各自建造殖民地，只能坐以待斃。然而舊文明時代的軍事機器人在失去主人後，靠著核子反應爐成為人類的敵人並且攻擊殖民地，延續永遠不會結束的「戰爭」。

生活在殖民地裡的少年，某天遭到機器人追擊逃進「遺跡」深處，喚醒沉睡中的戰鬥人造人。當時還沒人知道這場相遇即將左右人類的命運——！以上便是故事摘要。

「……為什麼只有男人活下來？真沒看頭。」

「據說是男性的體力比較耐得住病毒。」

「就算這樣，也沒有理由讓兩個男人在一起吧？」

「那個戰鬥人造人不是男人，而是無性別。再說還沒演到他們在一起，現在只是在確認彼此的心意。」

「……我說你還聽得真認真。」

「我在播放之前，向她們要來劇本看過了。」

北村祐作得意地推推眼鏡，「啪！」打開便當盒蓋，只見海苔黏在盒蓋上。「糟糕，太大意了。」用筷子把與白飯分離的海苔重新鋪好，恢復海苔便當應有的樣子。在他斜前方的竜兒也打開自己的便當。便當是他自己裝的，所以一點興奮期待的感覺也沒有，不過只是和熟悉的菜色重逢而已。

擴音器發出「殺啊！」「去死！」「毀滅時刻」「核融合」等沉重的聳動台詞，傳遍吵鬧的教室。

進入第三學期，終於有人對學生會獨占午休時段的廣播提出異議，於是星期一至五的節目，改為輪流播送學生會的「戀愛啦啦隊」與話劇社的廣播劇。

在廣播劇所設定的世界裡，女孩子全部用男生的語氣說話，聽起來感覺亂七八糟。不，這也是理所當然，因為話劇社只有女生，可是劇本裡的角色全是男生。女孩子刻意壓低聲音，裝出男生的聲音高喊：「殺啊！」還沒殺完啊，真是煩死了。竜兒用筷子戳著筑前煮，說些沒意義的抱怨：

「打鬥場面未免太多了吧？難道沒有更適合中午聆聽的節目嗎？比方說女孩子輕聲細語說出的愉快小故事？」

「也許是每次只播一小段的原因，故事變得有點複雜。再說話劇社也是為了女孩子，才會寫出這個劇本。」

「我覺得根本沒人在聽。」

竜兒和北村兩個男人面對面一起吃便當，看來有點詭異，不過他們還是若無其事地環顧教室——男生不用提，就連女生也各自專注在自己的話題裡，看來根本沒半個人在聽從擴音器裡傳出來的廣播劇，只有竜兒和北村聽得最認真。順便提一下，能登和春田兩人還在福利社拚命搶奪麵包，暫時不會回來。

嗯嗯——北村端整的臉上露出有點壞心的表情低聲說道：

「果然還是只播我的節目就夠了。唉，可是最近也沒有什麼點子。」

「別傻了，你的節目也沒什麼人在聽……啊，這好像是不能說的秘密？」

「我聽到了，我聽到了。」「啊，你聽到了？」在悠哉的兩人互相吐嘈之際，突然傳來女孩子尖叫的聲音。

「跟跟跟跟跟、跟妳說過不用啦啦啦啦——！」

木原麻耶在窗邊座位發出尖叫，身旁的香椎奈奈子也因為被麻耶抓到而臉部僵硬。美少女三人組難得不見亞美的身影，取而代之威風凜凜站在兩人面前，大喊「看好看好！」的人是大河。

「為什麼那麼排斥？不是妳們自己來問我的嗎？」

「我們只是問妳傷怎麼了！沒人說要看啊！」

「直接看不是最清楚嗎？所謂百問不如一見。」

她想說的應該是「百聞不如一見」吧？聽到大河的話，竜兒不禁莫名感慨：真不愧是実乃梨的朋友。

「逢坂……該怎麼說，果然是櫛枝的朋友。」

看來北村也有同感。補充一點，実乃梨目前不在教室裡。

不不不要！不不！啊！麻耶一邊發出抗拒的呻吟，一邊推開靠過來的大河；奈奈子則是難得露出排斥的表情：

「我不敢看傷口，拜託別在午餐時間露出來！對了，給妳肉丸子好嗎？」

她用塑膠叉子插起肉丸子當成供品，大河也張大嘴巴一口吃下丸子。就在奈奈子和麻耶互看對方，安心地鬆口氣之時——

「……不過這兩件事是兩回事！來吧，讓妳們親眼見證一下！」

呀啊——

在午餐時間享用可愛尺寸便當的兩名美少女遭到大河逼迫，要她們親眼目睹ＯＫ繃底下太陽穴上快好的傷口。竜兒不禁為這種小學生程度的惡搞感到無奈。「快住手！老虎！」

「快繼續！老虎！」在附近吃便當的男生為之鼓譟——明明只要大河轉頭齜牙咧嘴瞪上一眼，他們就會四散逃跑。

「真是的……在耍什麼笨啊……」

「唉呀，有精神就好。」

北村對著無奈的竜兒笑著開口之後便吃起便當，模樣看起來好像在拍海苔便當廣告。

「真是太好了、太好了。多虧高須的勇氣與行動，才能見到她有精神的笑容。」

「……」

竜兒不由得盯著死黨北村的臉，北村注意到竜兒的視線：

「不，我知道不能提起是你救她的。如果她問起當時的事，我會告訴她是我救的。這樣可以吧？」

「……」

「喂喂喂，怎麼了？為什麼用那種眼神看我？」

把海苔便當交出來！當然不是。竜兒不需要動手搶便當，只要用眼睛就可以吸收海苔便當的精力——當然不可能是這樣。

竜兒在思考。北村一句話也沒問，一定是因為他什麼都知道吧。但是竜兒只能在心裡這麼想，沒有辦法說出口。

即使聽到竜兒奇怪的要求：「告訴大河救她的人是你。」北村依然什麼也沒問，只是回了一句：「錯不在你。」便乾脆接受請託。

竜兒喜歡実乃梨，卻在耶誕夜失戀。過年時大河的樣子不太對勁，而北村也了解這一切，所以什麼都沒說。大河在春天時對北村告白，後來出手將自己的單戀做個了結，北村和大河變成如此健全的朋友關係，真是讓人覺得不可思議。某種理想中的純粹友誼在竜兒面前發展，竜兒甚至感覺得到北村期望這種關係的堅強意志力。

也就是說，北村早就知道大河喜歡的人是高須竜兒。

「好了好了！你這麼熱情望著我，也不會得到什麼喔。」

當然，把大河從崖邊拉回來那幾分鐘的事，只有大河與竜兒——不，這個世界只有竜兒一個人知道。

「總覺得，你的雙眼皮……好清楚。好像動過手術……」

「開什麼玩笑，我發誓我沒有整型。」

而且竜兒在更早之前，就注意到了一件更可怕的事。

清楚一切的人不只北村，或許該說遲鈍愚蠢的人只有自己。譬如亞美也說過因為我笨所以討厭我，似乎就是針對我不但沒有注意大河的心意，還要她幫我追求実乃梨這件事的殘酷和愚昧。

另外就是実乃梨。堅持不接受我的心意，原因是不是與大河有關？事實上我知道答案，只是不希望自己反應過度或是過分自以為是，所以一直不願意面對。

總而言之現在能確定的只有一件事：我是笨蛋。要不是笨手笨腳的大河做出那種蠢事，或許我到現在仍然什麼也不知情，還會對大河為我做的一切回以一句：「妳這個人其實很不錯！」加以打發。

——雖然就算假裝什麼都不知道，到頭來還是改變不了結果。

「別再鬧了，逢坂！細菌會跑進去喔！」

北村總算出聲大喊。女孩子的慘叫似乎點燃身為班長的熱血性格。

拆開ＯＫ繃來回追著麻耶和奈奈子的大河看向這邊，然後面露微笑大步走近。還在好奇她想說什麼時——

「看！已經好了！」

「喔……！」

「哇啊！」

她拿下ＯＫ繃，把將額頭湊近過來。

大河五公分左右的傷口因為內出血即將痊癒而泛黃，中間有一小塊疤痕。傷口雖然癒合，還是可以看到凝固的血痕。

「為什麼要在吃飯時間給我看這種東西！」

一般人都會嚇到吧？竜兒忍不住想敲她的腦袋——

「啊啊……真的快好了！」

北村和竜兒一樣被大河的舉動嚇到，不過立刻回過神來觀察傷口，還滿臉笑容地豎起大拇指。「對吧！」大河開心偏著頭，以同樣的動作回應北村。

為什麼？

這個想法連自己都覺得很丟臉，但是為什麼？為什麼對我總是拳腳相向、勒頸、掃腿，對北村就是微笑、豎拇指？既然喜歡我，不是應該更……不對不對，都說要忘了這件事，我還想這些做什麼。

早知如此還是什麼都不知道比較好。如果什麼都不知道，就不會有這些無聊想法，只會苦笑心想：「她還真喜歡北村。」

「能夠只有這點小傷，都要感謝北村同學救我。謝謝你！」

「不不不，沒什麼。」

北村一邊揮手一邊看向竜兒，竜兒把頭轉向一旁裝做不知情。這絕對不是嫉妒。

大河沒注意到兩個男人臉上微妙的表情，繼續說道：

「北村同學為什麼會在這裡？」

「咦？我不能在這裡嗎？」

大河突然問起北村為什麼在這裡，竜兒忍不住要做出熟悉的跌跤反應。

「不、我不是那個意思。因為剛剛小実幹勁十足地表示必須取得社團活動的運動場使用權，然後就離開教室，還說不能輸給足球社。北村同學不也是社長嗎？」

啊——原來是這個意思……於是北村站著用中指推了一下因為震驚而歪斜的眼鏡：

「事實上男子壘球社和女子壘球社已經在前幾天合併，由櫛枝擔任社長。我還是社團的一員，不過已經不是幹部。畢竟同時要兼任學生會長，實在有點困難。」

是喔？是啊。兩個人你一言我一語說個不停。竜兒還是一副不知情的表情，將偷懶用沾麵醬汁煮過的香菇放進嘴裡。

「話說回來，看到逢坂能夠平安回到學校，我就放心了。妳一個星期沒來上課，大家還在擔心妳怎麼了。」

「嘿嘿嘿，沒什麼。」

大河稍微瞥了竜兒一眼。妳是想叫我別告訴大家妳只是想翹課吧？這個共同的祕密讓竜兒揚起嘴角，以眼神回應「我知道。」並喝了一口溫烏龍茶。

要是所有祕密與隱瞞都能全吞到肚子裡、當作不曾發生該有多好……竜兒甚至出現這種想法。如果能夠這樣，事情也會變得更單純，引擎快要報廢的我也能夠不變成無趣的傢伙，繼續往前進。

也許真是這樣。

「高須——！百合找你！」

門口傳來同學的呼喚。「喔！」竜兒回了一聲之後起身，他沒把便當蓋上，只是用下巴對著大河比了比座位：

「妳沒帶午餐吧？我幾乎沒動，給妳吃吧。我今天沒什麼食欲。」

「咦？可是……」

大河有點困惑地看著便當。「妳就吃吧。」北村也以大嬸的笑容如此說道。

「……我沒有筷子。我不要用你的筷子，給我免洗筷。」

「世界上沒有免洗筷。妳要知道這個世界的熱帶雨林正在不斷消失。」

「哇啊、好囉嗦……！一個星期沒見，你的囉嗦病已經蔓延全身了。」

「不想用就洗一洗再用。」

環保人士！就算大河在背後大叫，竜兒也沒有轉身，直接走出教室。他邊走邊思考：把自己吃過的便當讓給女生，旁人看起來會不會覺得很怪？很怪嗎？或許吧。

可是竜兒覺得如果兩人仍然和以前一樣，這樣的行為是很普通的，甚至應該是整個便當直接被她搶走。

既然如此，現在也必須和過去相同。既然主張不曾改變，首先就必須讓自己的舉止看來不是那麼刻意。

＊＊＊

午休時間的教職員辦公室裡可以看到其他學生的蹤影。有些認真的學生手拿教科書在問問題，有些女學生則是坐在受歡迎的年輕男老師四周吃便當。熱鬧的教職員辦公室前半部，是二年級老師的座位。

「為什麼不交？這可是非常非常重要的東西……」

單身（30）戀窪百合的午餐是外送什錦湯麵。蓋在碗上的保鮮膜濛上一層白霧，竜兒不難想像碗裡的麵條正在不停膨漲。

「大家都交了……沒想到高須同學居然忘記帶……」

看個不停。

戀窪百合不安地偷瞄逐漸膨漲的湯麵。不行不行，她連忙看向竜兒的臉，卻又忍不住偷瞄那碗麵。

「……老師先吃吧。我有聽您說話，不快點吃麵會爛掉。」

「呃！不行不行，沒關係的。高須同學不是也還沒吃便當？身為老師的我怎麼可以自己吃麵呢？」

「我已經吃過了。真的不用顧慮我，您先吃吧。不然我反而會介意。」

「是、是嗎？抱歉，要做的事太多，時間實在不夠。」

只見她用髮夾俐落地將捲髮夾起來，在竜兒的注視下撕開保鮮膜、分開免洗筷，「嘿嘿嘿！」開心地夾起麵條。不過卻突然停下動作：

「那個……校外教學時不是發生了逢坂同學失蹤的意外嗎？」

「嗯……」

單身班導從碗裡夾出木耳，小心翼翼地眨著眼睛說道：

「我想你是因為太擔心逢坂同學，所以腦袋的螺絲有些……鬆脫。」

腦袋的螺絲——沒想到自己有一天會從班導嘴裡聽到這句話，竜兒不禁語塞。尷尬的沉默降臨兩人之間，把木耳放進嘴裡的戀窪百合企圖掩飾：

「因為啊……燙燙燙。你最近老是發呆，甚至會像現在這樣忘東忘西。老師真的很擔心你。你要不要去做個……心理輔導？」

班導吸起有點膨漲的麵。竜兒看著她的舉動，沉重地低聲回答：

「有很多原因……」

飛濺的湯汁噴到滿是資料的桌上，在免費的不動產情報誌留下汙漬。瞪著湯漬的竜兒嘴巴變成ㄟ字型。這世界上他最痛恨的東西，就是這類免錢的宣傳品。這種東西沒有任何好處，只會搞得到處都是廣告，造成資源浪費！「哇啊！免費的～」因為這樣不知不覺收了一堆不需要的東西，房間當然整理不完！那種鬼東西應該統統丟掉！話說回來，又不是健康情報誌！竜兒拚命按捺想要大吼，並且把那本情報誌丟進垃圾桶的衝動。別衝動，我的環保魂……！

「或許有很多原因，不過這樣很正常！不必去心理輔導！另外沒辦法交出升學就業調查表，不是因為我的腦袋螺絲鬆掉，而是和家裡意見不合，目前還在討論！」

「啊，是嗎……？」

「是、的！」

竜兒難得表現出反抗的態度，像是身懷暗殺任務的老鷹，用銳利目光低頭俯視吃著什錦湯麵的班導。這個混蛋單身（30）！妳就吃外賣食物吃到死吧！鹽放那麼多！詛咒妳用高價買下詭異的房子！呃……他沒有這麼想，所言也不虛。

昨天他和泰子吃豬肉鍋時，確實討論過升學與就業的事，也談到必須提出升學就業調查表，作為明年分班的參考依據。

泰子的回答是：「寫『我會好好努力念書！』就可以了☆」竜兒雖然不太能接受，想要討論更現實的問題，卻因為太晚準備晚餐而耽誤泰子的時間，所以泰子匆忙吃完飯後便出門工作。到了隔天早上竜兒上學前，泰子睡得正熟，別說是把她叫醒，光聞到屋子裡的酒味，竜兒就快醉了，根本沒辦法討論正事。

即使如此，戀母……不對，認真的竜兒還是希望能夠好好和泰子討論，等雙方有了共識之後再提出調查表。無論是升學或就業，竜兒都認真面對，怎麼能夠容許被說成腦袋的螺絲鬆掉。

「原來如此、原來如此。」

戀窪百合把魚板放進嘴裡，揮揮筷子企圖安撫有點火大的竜兒：

「唉，因為高須同學是好學生，不曾做過讓老師擔心的事。再說也是因為對你有很高的期待，才會囉嗦一點。這是老師的本能。」

「期待？」

揚起眉毛的竜兒重複這兩個字，班導的眼睛也在觀察竜兒的表情。

「請不要期待我，我家很窮。」

竜兒做好繼續反駁班導的準備，沒想到班導一句話也沒說，直接將筷子擺在碗邊，對著竜兒露出狡猾的笑容：

「總之盡量早點交。本班還沒有交的人，只有你和逢坂同學。」

「大河也沒交？既然如此為什麼只找我？」

「因為我剛剛才把調查表拿給逢坂同學。雖說你也有很多原因，不過這和那是兩回事。和母親找個時間好好談談，仔細思考自己的將來吧。」

＊＊＊

離開教職員辦公室來到走廊上，竜兒不由得嘆了口氣。

回教室的腳步變得沉重，竜兒彷彿快要停下腳步。那股沉重正好代表此刻的自己，也令他心煩不已。

這和那是兩回事。班導雖然這麼說，但是怎麼可能那麼簡單就切割？希望一切維持原狀，同時又無法想像多變的未來，再加上自己與泰子的想法打從根本就不合。泰子只會說些理想的話，從來沒想過高須家的經濟現狀。要讓她明白這點實在太難了，想到就頭痛。

「唉……」

竜兒用右手支撐暈眩搖晃的腦袋。

大概是因為這幾天睡眠不足吧？內心明明已經呈現原地踏步的停滯狀態，還要加上升學就業等精神負荷……

原本應該走回教室的腳步不知不覺往無人的穿廊移動。需要調整一下心情才能回到一起吃便當的北村和大河面前，和他們兩人相處時還得不停撒謊。

走到通往體育館的穿廊時，竜兒感覺快要喘不過氣，於是打開窗子呼吸外面的自然空氣。像條鯉魚一樣張闔嘴巴，胸口滿是冷到肺部都會發痛的空氣。

無論怎麼呼吸，還是覺得痛苦。竜兒把頭伸出窗外，依然覺得自己受到囚禁。他到了現在還是逃不出那場暴風雪。

不是早就決定要忘記大河的告白嗎？既然大河不打算讓我知道，只要我忘記這件事，一切就會恢復原樣嗎？

然而就算真的決定遺忘，也不是說忘就忘。要完美裝出忘記一切的模樣，還需要一點時間。只是在自己獨自困在「照理來說不存在的東西」裡時，時間仍然繼續前進。竜兒明白在自己原地踏步時，大家還是一步一步往前走。接下來升學或就業的選擇更是如此，總感覺自己在各方面都被大家拋在腦後。

自己也清楚不該這樣。自己只是適時修補發生的問題，從沒有主動做過什麼。想要選擇正確的路前進，卻連哪條路才是正確的都不曉得。

或許我真的有如班導所說，腦袋的螺絲鬆脫了。不管怎麼說，畢竟媽媽可是高須泰子，搞不好螺絲、螺帽早在我沒注意時全部遺失。

「我……會不會……就此成為……廢人……？」

原本一直以為自己是個努力可靠的人——那個經過美化的自己不復存在。現在還剩下什麼？真正的自己究竟是什麼？

「啊啊啊……」

一個人靠在窗邊自言自語的可怕魔少年低聲呻吟，窗台上滿是灰塵和枯葉的溝槽立刻吸引他的目光——把臉湊在上面搞不好會冒出蕁麻疹。竜兒連忙從口袋拿出面紙，若無其事地捲在食指上，一邊「啊——」一邊像個壞婆婆伸手抹過溝槽。

他也覺得自己很陰沉。

說到和陰沉的自己完全相反的人，腦中就會想到櫛枝実乃梨。

竜兒打從初次相遇就覺得她真的好開朗，願意對人稱不良少年的自己露出天真無邪的微笑，她是我這個充滿自卑之人的目標。與老是低頭掩飾可怕長相的自己相比，実乃梨總是堂堂正正仰望太陽，就像一朵盛開的金色向日葵。所以我才會嚮往她、喜歡她。

如今我更知道実乃梨的堅強。她並非只有開朗、溫柔、可愛，還有一意孤行、意志堅強到了可以稱為頑固的一面。即使偶爾會傷到周圍的人（例如我！），実乃梨也不會改變自己、不會停下腳步……這是竜兒的發現。她就像朝著太陽、仰望天空綻放的健康向日葵……不，是鎖定太陽準備擊落它的飛彈發射裝置。

竜兒之所以結束對実乃梨的單戀，也是因為從近距離觀察実乃梨之後，知道自己「跟不上她」——不是不好的意思，而是真的覺得自己這種人無法追上她的堅強，以及她走在人生道路上的速度。不過就算喜歡的火苗熄滅，也不再對將來的發展懷抱希望——

「櫛枝……」

竜兒每天都在思考：如果有一天，我能夠變得像妳一樣就好了。

對於竜兒來說，実乃梨仍然是理想與憧憬，竜兒希望變得和她一樣的心不曾改變。

「在妳眼裡，我就好像是個垃圾吧……」

「才沒那回事——」

「咦咦咦！」

竜兒因為過度震驚，身體跟不上轉身的速度，室內鞋一面發出磨擦的聲響，一面跌了個四腳朝天。

「……妳從什麼時候待在那裡的！」

「『櫛枝，妳這個便便藏，妳一定把我當成卡斯特了吧……』」（註：便便藏與卡斯特都是漫畫《熱鬥小馬》的登場角色）

一臉認真的她微微皺眉，炯炯有神的黑色眼睛閃閃發光：

「所以我才說『沒那種事』，我又不是馬。」

她到底在這裡多久了?實乃梨俯看坐在地上的竜兒，在他面前用力點頭。

「妳的耳朵到底是怎麼了……!」

竜兒不禁癱倒在地，心臟為之加速跳動。這已經不能用「好心動♡」之類的話來形容。為什麼実乃梨會在這個時候出現?而且她到底在說什麼?什麼馬?什麼便便藏?聽不懂啦!而且她——

「既然這樣，我就要使出必殺技Mustang Special了!喝啊!」

「冷靜點!(妳)好危險!冷靜下來!」

実乃梨突然開始奔跑，竜兒忍不住跳到她面前伸出雙手，就像要擋住狂奔的馬匹。如果在學校裡這樣跑，鐵定會發生意外。

「咦?為什麼要攔住我?我只是和平常一樣回教室而已。」

「誰會在屋子裡那樣跑啊!哪裡平常了!」

聽到竜兒忍不住說出的真心話，「被唸了~」実乃梨當場轉換方向，手一揮跳起機器人舞，竜兒頓時不知道該說什麼。對了，最近都忘了，這傢伙經常這樣……

「怎麼了、怎麼了，高須同學?別讓靈魂從嘴巴冒出來，YOU也快點回教室去吧。待在這種邊境地帶幹什麼?」

「我才想問妳在這裡做什麼……該不會是在跟蹤我吧?」

於是竜兒也配合從頭到尾不正經的実乃梨開玩笑。

「你在說什麼啊。」

実乃梨卻在此時突然恢復正常，茫然看著竜兒：

「我是去體育老師辦公室還鑰匙，正準備回教室。你出現在這裡才奇怪吧？」

「我是──」

我是因為無法像妳一樣。

無法像妳一樣充滿活力地迎接每個嶄新的日子。我被許多事絆住，一直一個人原地踏步

──只是這樣的話怎麼可能說得出口。

「……我是因為剛才戀窪說我的腦袋螺絲鬆掉了，才在這裡品味那股震驚。」

「咦？螺絲鬆了？為、為什麼？」

「因為我沒交升學就業意願調查表。另外還有昨天……睡昏頭之後說的話，似乎也讓她很擔心。」

「啊──Dream & Cry嗎？」

「那是什麼？女孩子之間是這麼說我的嗎……？」

可是実乃梨絕非是在玩弄竜兒。她走到窗邊，對著窗外冰冷的空氣吐出白色氣息，然後轉頭看向竜兒：

「大河能夠平安回來真是太好了。好好好，太好了。」

然後揚起嘴角露出微笑：

「那時候，如果你們沒有跟我一起去……只讓我一個人去找大河，現在情況又會是如何？搞不好不只大河，連我都會遇難。想像那種『假設』，連我也跟著Dream & Cry。」

「……妳也是？」

是啊——她發出很実乃梨，但又不像実乃梨的微妙聲音點點頭。

在吹拂臉頰的寒意下，竜兒與実乃梨保持一小段距離，把手放在相鄰的窗台上，兩人以同樣的姿勢縮起肩膀發抖。如果外面正好有人看到，應該是一副很有趣的景象。

冰凍的薄雲彷彿冰沙浮在空中，不過天氣稱得上是晴天，問題是今天的北風依然有如凶器。窗前沒有遮蔽視野的建築物，可以看到遠處的街景。看往灰濛濛的住宅區，可以看見透天厝與公寓的屋頂不斷綿延，中間雖然被河流截斷，還是不停延伸到遠方的資源回收廠。可以看見兩根紅白相間的工廠大型煙囪，正在不停冒煙。這樣對環境沒有影響嗎？

「我原本以為自己一個人就可以救她。」

身旁実乃梨的聲音隨著白霧一起飄來，竜兒斜眼看著白霧消散。実乃梨應該是在說大河的意外。

「可是事實上，她掉到那樣的懸崖底下，只有我一個人根本救不了她。幸好我當時沒有誤判……再說我也懷疑只有我一個人能夠找到大河嗎？高須竟然知道大河摔到哪裡。」

「那是因為——」

發出光芒，引領我到大河身邊的是——

「——我先看到那個掉在雪地上的髮夾。」

伸長脖子的実乃梨從窗外看進來，兩人四目相對。竜兒忍不住看往旁邊，但是実乃梨沒有挪開視線：

「我本來以為那個髮夾是大河送的，其實不是吧？是你原本打算送我卻沒送的禮物，所以大河才把它拿給我吧？根據我的推測，那是你打算在耶誕夜送我的禮物？」

「……！」

冷不防地一矢中的。

実乃梨似乎早就算準竜兒說不出話來，逕自點頭填補沉默的空白。其實她猜錯了，竜兒之所以沒送，純粹只是因為忘記帶。但是竜兒當然說不出口，只是默默看著実乃梨。

同時在心中感慨——她果然什麼都知道。

「為什麼妳……」

「某位線人告訴我的。話說回來，對不起，我一開始真的不知道，一直以為是大河送我的禮物。」

竜兒一時無法反應她是為了什麼事道歉，但是実乃梨的表情始終很認真，以足以擊落太陽的視線直直看著竜兒：

「那……那個髮夾妳戴了一陣子，該不會是為了道歉吧？」

「是啊。」

我失去記憶，耶誕夜發生的事全部不記得了。所以高須同學也要和以前一樣，我們的相處方式不會有任何改變……原本一直貫徹這個態度傷害竜兒的実乃梨，第一次談起耶誕夜的事。她終於正面迎接那個晚上，以及竜兒的心情。

「雖然我不接受的決定傷了你，但是我希望當著你的面戴上那個髮夾，表示對你的歉意。真是對不起。」

「這種事……」

傷害竜兒，等於承認自己明白竜兒的心意，搶先一步拒絕他的告白，而且直到現在也沒有忘記這件事。

「妳突然向我道歉……是因為大河回來學校的關係嗎？」

実乃梨沒有回答竜兒的問題，只是眼睛閃閃發光，任由頭髮在隆冬的天空下飛舞。

竜兒突然有個想法：実乃梨其實也一樣吧？外表看來全力衝刺的実乃梨其實也和竜兒一樣，正在原地踏步吧？八成是從那個耶誕夜直到現在。

所以才想藉著大河恢復精神一事，將一切做個了結。

她承認甩了竜兒，為傷害竜兒的事道歉，言下之意就是她全部知道——這就是実乃梨的「前進」嗎？

「那個髮夾現在在哪裡？」

聽到実乃梨若無其事的問題，竜兒也以若無其事的態度回答：

「在我的房裡。妳要嗎？」

「不了，我不準備收下。」

我就知道妳會這麼說——竜兒打算對她這麼說，然後給她一個微笑。

既然妳將一切做個了結，那麼我也跟妳一起了結——雖然很想這麼告訴她——

「我……」

嘆息之後再次開口：

「……很羨慕妳。」

我還沒辦法踏出關鍵性的一步。真希望能像実乃梨一樣前進，但是我還不行，還無法走得很穩，還沒有辦法離開那場暴風雪。

只要忘不掉那個聲音，就無法前進。

「你怎麼了？為什麼突然這麼說？」

「我……被很多事情困住、拋下了。有些事想忘記卻忘不掉，再加上……」

眼瞼底下還看得見那場暴風雪。狂舞的冰雪碎片，以及埋在其中的緊閉雙眼、睫毛底下的淚水，還有——

「……很痛苦。」

那個在耳邊響起的聲音。

在無邊無際的孤獨中，大河決定永遠隱藏那份思念，一個人活下去。竜兒想著大河唯一一次說出口的真心話，聲音在心底、腦中不停迴響。

「想忘記卻忘不掉啊。」

実乃梨的拳頭從側面伸向粗魯趴在窗台上的竜兒臉頰：

「廢話，從你決定要忘記的那一刻開始，就已經忘不掉了。如果真的能夠忘掉，打從一開始就不會記得。就是因為你無法忘記，才會想要忘掉。因此感到痛苦也是沒辦法的。」

「可是……我非忘記不可……我認為對方希望我忘記。」

轉過頭的竜兒想把実乃梨的手推回去。実乃梨沒有問「忘記什麼？」、「誰希望你忘記？」只是聽著竜兒自言自語。

「所以我想忘記。」

或許竜兒的說法不算完全正確，大河沒有說過「希望你忘記」這種話。正確來說，她原本就不打算把自己的心意說出口，不打算表白，希望永遠隱藏喜歡竜兒的心意。

所以——所以我想忘掉——

「我很羨慕妳，因為妳很積極，一直確實地往前進。要怎麼做才能像妳一樣積極？」

実乃梨稍微沉默了一會兒，靜靜回望竜兒的雙眼。她稍微嘟起嘴巴，「呼～」吐出一陣白霧：

「因為我『決定』了。」

然後微笑回答：

「因為我自己已經決定方向。如果沒有下定決心，根本不會曉得哪邊是前面。高須同學，你打算往哪裡去？有想去的地方嗎？如果沒有這種目標，那就沒辦法前進。」

前進的方向。

想去的地方。

聽到実乃梨的問題，竜兒發現自己無法回答。

自己也不曉得該何去何從，或許目的地打一開始就不存在於自己心中。無關任何事，總之自己心中不存在對於夢想或希望的欲望。至少自己感覺不到那股欲望的存在。

啊啊，原來如此——原來是因為自己無法前進，當然抵達不了任何地方。竜兒忍不住仰望天空。

「妳知道自己要往哪裡去嗎？」

「當然！」

毫不猶豫地回答的実乃梨以輕快的腳步跳到竜兒背後，就算裙子隨風飄起也不在乎，以大動作擺出漂亮的側投動作。肩膀上的頭髮輕舞飛揚，眼睛彷彿看著無形的壘球延著走廊飛去。

此刻的竜兒真的很羨慕有這種眼神的人。

午休時間即將結束，走廊上往來的學生也愈來愈多。竜兒和実乃梨站著說了太久的話，冷得一邊發抖一邊走下樓梯，然後同時看見某個人。

「喔，亞美！」

正好看到川嶋亞美走出教職員辦公室。

在其他學生之中，只有她一個人特別突出。修長的四肢、挺直的背脊、雪白的肌膚，在在都和身邊的學生迥然不同。竜兒再度強烈意識到亞美的存在感。

微微散發光芒的美貌因為聽到実乃梨的叫聲而轉頭。実乃梨對著她揮手——

「……」

亞美卻當作沒看到，直接走開。揮手對象走了，実乃梨只好輕輕放下舉起的右手。

「……妳們還在吵架？」

「請說『我們正在和好』……雖然是我單方面的希望。」

実乃梨沒有停下腳步，以逞強的模樣走在亞美先前走過的走廊上。看來実乃梨也有無法解決的事。

＊＊＊

「這件事昨天不是說過了～～？」

正在攪拌納豆的泰子睜大眼睛，不解地望著坐在桌子對面的兒子……

「不是叫你在調查表上面寫『我會好好努力念書！』嗎？為什麼不交呢？」

「我的話還沒說完。」

竜兒今天特別提早準備晚餐，打算在用餐的同時冷靜討論。

「妳沒有認真想過這件事。」

「泰泰很認真啊。」

「如果考上家附近的國立大學念四年，前前後後加起來至少要一千萬。如果考上私立學校，那麼開銷只會更大。我說的經濟問題妳有想過嗎？」

「咦？我們家附近的私立大學都是些三流學校耶～～不行不行！小竜這麼聰明，就算是私立大學也沒關係，一定要考上東京的好學校～～！」

納豆炸彈～～！咻——黏答答～～！泰子用筷子把一顆牽絲的納豆夾進小鸚的籠子裡。

「唔哈！」流著口水的小鸚回頭接下納豆。這隻鳥居然會吃納豆。

「我要說的不是那個。」

泰子的納豆碗、矮飯桌、鳥籠，以及小鸚的鳥喙之間因黏答答的納豆絲而有所連結。竜兒板著一張臉，用筷子在空中捲著納豆絲。沒化妝的泰子身穿UNIQLO細肩帶上衣，頭髮綁成沖天炮，開心地喝著味噌湯，眼睛緊盯電視，嘴上哼著年紀比自己小兩輪的偶像歌手新歌，八成打算在店裡的卡拉ＯＫ表演。

「啊！」

竜兒把電視關掉。

「……重點是我們家的經濟狀況不適合升學。」

「才沒那～～回事。」

嘟著嘴的泰子想搶回遙控器，但是竜兒早一步把遙控器藏在自己的座墊底下。

「我告訴妳，很困難！」

「怎麼會？才不會咧。你明年是高三了，接下來大學四年對吧～～？這段時間我的薪水又不會比現在更低～～」

「妳怎麼能夠肯定？如果店倒了怎麼辦？」

「才不會倒呢！我們店的客人很～～多喔。」

「搞不好老闆的其他投資失敗呢？」

「咦～～？那種事我怎麼會知道。」

「就是不知道，所以經濟狀況才會有困難……我在高中畢業之後先去工作，等到收入穩定、確定我們母子兩人餓不死再存錢考大學。或是找看看有沒有什麼學校，可以提供全額獎學金……」

「不准～～！」

只有這種時候泰子才會露出母親的表情。她湊到竜兒面前，大聲封殺他的言論：

「小竜什麼都不用想，只要專心念書，直接去讀最好的學校～～！能夠拿到獎學金代表小竜很厲害吧～～？所以泰泰不准你亂想。小竜要去有一堆好學生的地方努力念書～～！小竜和泰泰不一樣，腦袋很聰明，所以要受最～～好的教育，充～～分發揮才能，過著最～～棒最棒的幸福人生才可以☆不可以去煩惱讀書之外的事～～！有句話不是說……泰泰當學生時，老師常說的那句話……嗯……玉……琢……亮晶晶……之類的……」

「……玉不琢不成器?」

「沒～～錯!就是那樣～～!所以小竜明年要進好孩子班努力念書，還要去上補習班或家教班～～然後好好考大學～～哇喔～～☆小竜會走向哪一條路呢?真令人期待～～!會不會是醫學院～～?還是當獸醫～～?還是藥劑師、牙醫師～～?當個學者也不錯～～!從事尖端研究好像也不賴，搞不好律師也很適合?啊～～如果要出國怎麼辦～～?泰泰會寂寞的～～!不過泰泰會努力忍耐的～～!」

「……」

竜兒啞口無言，只能沉默看著母親，除了攪拌自己的納豆之外，也不曉得還能做什麼。喵哈～～!母親一邊夢想薔薇色的未來，一邊吃下口感很像銀鱈的醃烤圓鱈。她最喜歡有點焦的部分。

這個笨蛋。

毫無根據就說什麼醫學院?到底在胡說八道什麼?快點向全國想考醫學院的考生和家長道歉!竜兒不耐煩地攪拌納豆，終於想到唯一一個讓泰子認清現實的方法。他以筷子俐落切斷捲起的納豆絲，隨意跪著來到房間角落的衣櫃，打開抽屜拿出存摺遞給泰子。

「嗯……?嗯!存款還滿～～多的!耶嘿嘿!」

竜兒忍耐住想摔倒的心情說道：

「……看起來像很多嗎？這個數字的一半，在春天繳完學費之後就沒有了。還要再扣掉每個月的房租、電費，以及生活費。再加上妳的工作是服務業，所以衣服、化妝品等東西也不能少。這些錢無論怎麼節省，每個月還是存不了錢。在這種經濟狀況下，妳說我們要從哪裡找出錢去念醫學院？」

「咦咦？」

「咦什麼咦啊！啊——我還是去打工吧。只要每個月幫家裡增加五萬圓的收入，這麼一來至少……」

「不准！不准打工！」

泰子用力舉起右手，筷子前端的納豆絲在空中飛舞。竜兒連忙伸手將它捲起來。

「你要是去打工，就沒有時間念書了吧～～！而且我們每天都見不到面，只能吃冰冷的飯，這樣人生有什麼意義～～！一點也不幸福～～！不准你說要去打工～～！」

……就是因為泰子這麼說，所以竜兒至今不曾打過工，只負責做家事。

「因為妳叫我繼續升學，我才會說要打工的！」

現在回想才覺得過去兩年真是浪費，如果像実乃梨一樣拚命打工，現在也有筆不小的存款，根本不會有這麼可憐的爭執。

「不用擔心～～！泰泰自有辦法！」

泰子比出勝利手勢露出微笑。就是這張臉一直欺騙竜兒，身為大人的泰子這麼說，所以竜兒一直以為她真的有辦法，事實上她也有沒辦法應付的情況。高須竜兒已經十七歲，即將滿十八歲，總算能夠認清世界的現實。

父母親也有做不到的事。當爸媽說「別擔心」時，千萬不能盡信。泰子在過去的生活裡，為了安撫竜兒的不安，不斷說著高明的謊言：「別擔心！」、「泰泰是媽媽，交給泰泰。」、「只要有泰泰，一切都搞定。」……竜兒也一直這麼相信。

沒有父親不會比其他孩子不幸，因為泰泰是超級媽媽！永遠年輕！永遠可愛！而且泰泰有超能力～～！所以如果小竜遇到什麼事，泰泰可以馬上去救你；就算遭遇意外，也可以平安無事；錢會像泉水一樣湧出來。所以你完～～全不用擔心，交給泰泰就行了。

我們能夠一輩子這麼幸福——

「……自有辦法嗎？我不認為。」

竜兒心想：孩提時代的美好童話故事終於要結束了。

「會～～有辦法的！真的，泰泰會想辦法的！所以小竜完全不需要擔心錢的事☆」

泰子露出天真無邪的笑容用力點頭，然而孩子已經不會再上當了。

泰子出門工作之後。

竜兒還是沒能在升學就業意願調查表上寫下結論，只把碗和衣服洗完、功課寫好。閒閒沒事做的他沒有心情看電視，只好姑且預習一下英文，以天生的細膩在單字本上工整地寫下拼音，寫著寫著卻忍不住停筆。

我這麼用功念書，到底想去哪裡？明明連未來的目標都不清楚，也找不到前進的理由。一想到這裡，竜兒連忙阻止自己繼續下去。只要踏錯一步，將會落入無可轉圜的餘地。

他看向窗外，大河的寢室此刻也亮著燈。窗簾後面發出更強烈的光芒，看來她正開著書桌燈。

大河也是一個人在書桌前面用功吧……搞不好是在看漫畫或雜誌，或是一邊上網一邊以沒氣質的動作吃泡麵。

竜兒伸手撫摸冰冷的窗戶，凝神注視了好一陣子，還是無法看到窗簾那頭的大河身影。沒什麼特別的事，所以竜兒不打算打電話，只是想確認能不能看到大河。

如果「不傳遞心意」是大河的目的，那麼大河背對竜兒、隱藏自己的思念就是她的前進——如果真是如此，大河今後將會離自己愈來愈遠、愈來愈看不見。即使竜兒和過去一樣，大河仍然會離開。

沒有一個人，包括大河在內，願意對不曉得自己該何去何從而原地踏步的竜兒負責。沒有人肯給這個找不到目標的竜兒，一個讓他前進的信號。

「……這也是理所當然的。」

竜兒疲憊地丟開自動鉛筆。

3

「什麼？」說不出話來的大河以慢動作眨了兩次眼睛，好不容易擠出聲音：

「西點屋？泰泰？」

竜兒點頭說道：

「對。星期一到星期五，早上十點到下午四點，時薪九百圓。」

「可是泰泰不是過了中午才起床？她回到家已經清晨四五點，而且……」

「我阻止過她，可是她不肯聽，從上個星期開始打工。」

「……這樣很累吧。」

大河的眼神帶著莫名的責備，但是竜兒一知道泰子要打工便趕緊加以阻止，可是泰子趁著竜兒上學時間打工，所以竜兒怎麼樣也阻止不了。

在放學之後，竜兒和大河來到別名「說教房」的面談室裡，等待班導出現。

竜兒坐在面談室中央擺放的四人桌前面，而原本站在門口的大河像是要和竜兒保持最遠距離，繞了一大圈坐在窗子前的櫃子上，以粗魯的動作擺動雙腳。

比兩坪大一點的密閉空間莫名寂靜，只能隱約聽見在運動場進行社團活動的學生吵鬧聲。只要一不講話，整個空間就變成無聲狀態，令人感覺到壓迫感。

「聽說是那個——」

噠啦！竜兒用手指敲擊桌面，彷彿在彈壞掉的鋼琴⋯⋯

「常光顧的商店街店家在招募兼職人員，而且還可以把賣剩的蛋糕帶回家⋯⋯」

「你好吵。」

「⋯⋯什麼吵？」

「那個噠啦、噠啦的聲音。」

大河背靠著窗框，對著竜兒動了一下雙手手指。竜兒明白大河指的是什麼，於是雙手交握擺在桌面上。

昨天放學之後，大河在家門口偶遇下班回家的泰子，得知泰子多了份白天的工作。

「可是泰泰為什麼要多找一份工作？」

「因為我說沒錢不能上大學。她說她會想辦法，隔天就跑去找工作了。」

「為了你的學費啊……身為『母親』真是辛苦。」

「……被叫來這裡，應該是我還沒交升學就業意願調查表的關係。話說回來，妳為什麼會在這裡？」

「我也還沒交，所以應該是和你一樣的原因。」

「妳為什麼還沒交？難道是不想和父母討論？」

「才不是，純粹只是覺得太麻煩，所以忘了。」

大河坐在櫃子上轉身對著窗戶玻璃吹氣，然後伸出食指在起霧的地方畫上一顆愛心。

「……！」

隨手畫下的圖案卻讓竜兒抖了一下肩膀。大河想對我表示什麼？愛心表示ＬＯＶＥ，而大河的ＬＯＶＥ——

「……竜兒你看。」

「喔、喔……」

「螳螂！」

「原來是螳螂……！」

竜兒差點趴在桌上。那個心型原來是螳螂的頭。大河接著畫上眼睛、觸鬚，補上身體和鐮刀，最後在上面寫上：「ＫＡＭＡＫＩＲＩ！」（註：螳螂的日文發音）看來那的確是螳螂，既不是愛心也不是LOVE。

「妳知道螳螂的漢字怎麼寫嗎?」

「虫字邊,然後是教堂的堂……接著是虫字邊加一郎的郎……」

「一朗的朗?虫字邊?好像不對吧?」

竜兒不禁抬頭嘆息。這個笨蛋——我為什麼要沒事去想多餘的事,以為大河想要對我表白,把自己搞得很累?

「再說,妳的螳螂也畫錯了。螳螂的身體才不是那樣,牠分成頭、胸、長長的腹部等三部分,還有翅膀。妳到底有沒有看過啊?」

「有看過,前陣子還看到螳螂過馬路。小実拿雨傘戳牠,牠就逃走了。」

「前陣子?那真的是螳螂嗎?依妳畫的圖來看,好像是身體很長的人。蟲的身體應該是這樣、這邊分開。」

竜兒起身走到大河旁邊,腳踩在櫃子隔板上探出身體,伸手修正大河的螳螂。

「啊!我的KAMAKIRI!」

「有什麼關係。」

竜兒用手指畫過的痕跡變成水滴,流下冰冷的窗子。他又呵了一口氣,畫上莫名寫實的螳螂。可別小看曾是小學男生的我!我可是曾經裝了一整個塑膠袋的蚱蜢,然後忘在房間裡把泰子嚇哭。

「然後這邊是翅膀，肚子這麼長——」

「哇啊！這是什麼！才不是長這樣！你畫什麼鬼東西！絕對不對！」

一旁的大河想要修改竜兒的螳螂，竜兒也歪著肩膀擋住大河的雪白小手。

「就跟妳說是這樣。然後肚子這裡有鐵線蟲在扭動～」

「什、什麼啦！那條線是什麼？為什麼從那種地方伸出來？看起來超噁心的！」

「對，很噁心！鐵線蟲只要沾了水，就會這樣——喔！」

「哇啊！」

喀噹！承受竜兒體重的櫃子隔板終於因為不勝負荷，突然發出巨大聲響之後鬆脫。竜兒想說明鐵線蟲的可怕，興奮過頭地踩翻腳下的隔板。飛起的隔板一角打到他的小腿。

「痛……痛痛痛……！」

「哇啊啊，嚇死人了！真是全世界最蠢的受傷法！哇啊！你流血了……」

竜兒坐在櫃子上翻起長褲，發現腿上的擦傷正在滲血。還好只是擦傷，用面紙壓一下就好了。

「可惡，鐵線蟲這個混蛋……！當時對我做的還不夠，現在還在詛咒我！」

「當時？什麼意思？」

「小時候的我在公園的泥巴地第一次看到鐵線蟲，害我嚇得丟開螳螂想要逃跑，腳卻陷入泥巴裡，穿的鞋子撿不回來，只好光著腳回家！」

「話說回來，你小時候……也就是小學生……還揹著書包……」

啊哈、啊哈、啊哈！不曉得大河想到什麼，突然哈哈大笑，笑到肚子快要抽筋。而且掩嘴看著竜兒，一邊小聲說道：「那張臉的小學生……」

「笑什麼笑！誰都當過小學生！」

「你比較特別！啊哈哈！真想看看！」

可惡！竜兒被大河笑得不太高興，於是挪動屁股往櫃子的另一端坐去。大河仍然笑個不停，還開心地拍著小手說道：「比我還小的竜兒。」

覺得自己喜歡的人小時候很特別——是嗎？

竜兒獨自看著大河開心的側臉思考。大河是否就是這樣在心裡獨自享受、珍惜竜兒小時候的回憶，還有日常生活的一來一往？

（可是我還是喜歡竜兒。）

她是否沒有告訴任何人，獨自以沒人看見的笑容反覆回想這一切？反覆回想，直到記憶隨著時光消逝——

「……妳要笑到什麼時候？」

「啊、我真像個笨蛋，笑得太過分了。嗯！對了，你！」

兩人離得遠遠坐在同一個櫃子，大河面帶笑容拍了一下手，眼睛看向竜兒：

「我迷上小実打工的拉麵店了！聽小実說你也去過，對吧！」

「啊啊……妳去過了？和誰？」

「一個人。小実找我去的。我一開始很排斥，她說有吧檯的位子，要我不用擔心。麵真的超好吃！雖然甩麵的熱水很危險。」

「六道輪迴啊。」

「普通拉麵加上蒜頭是最棒的組合！我已經去了三次。你只去過一次？」

「嗯，和春田、能登一起去的。排了好久的隊。」

「可以多去幾次啊！六點之前去就不會排太久。小実還失望地說：『高須同學他們只來過一次，之後就不來了。』」

聳聳肩，面露微笑的大河言下之意是：她這麼說喔，太好了。這樣不是很好嗎？小実也對你有意思。

大河沒有把話直接說出口，八成是因為她決定除非竜兒要她幫忙，否則絕不插手。竜兒沒有回應大河的話，只是看著她的臉。

大河幫竜兒把無法送出去的髮夾交給実乃梨；髮夾掉在雪地上時，她為了找髮夾而摔落懸崖，在大雪中失蹤。竜兒想看看這些時候大河的表情。

忘記曾對竜兒表白的事，現在仍然努力幫忙竜兒與実乃梨，竜兒想知道大河的心裡在想什麼。即使明白她那有些雞婆的體貼只是好意，竜兒還是想知道大河到底在想什麼。他想告訴她，如果這麼做會讓妳受傷流血，拜託妳住手，不要這樣。

大河沒有在意竜兒的沉默，轉過纖瘦的身體望向窗外，幾乎要把額頭抵上玻璃。

瀏海已經留到鼻尖，從額頭到下巴的側臉輪廓微微泛著白光。隱約低下視線看向不知名前方的表情與嬌小的身體相比，看起來意外成熟。觸碰到窗戶玻璃的指尖也不是孩子氣的圓型，橢圓型的細長手指柔軟伸出。

螳螂塗鴉化為窗戶上的水滴，模糊變形。

櫛枝絕對不會喜歡上我——如果現在這麼說，一定會遭到大河的反駁。她會說：「不可能，小実喜歡你，她一定是誤會我和你的關係了。」一定會這麼說吧。

如果我說櫛枝知道妳喜歡我，所以她絕對不會喜歡我……大河一定會立刻回答：「那我不再喜歡你。我已經向失戀大明神許願，請他抹除對你的喜歡，所以沒關係。」

願望沒有實現——對了，她在過年時和北村……不，是她去「拜」北村。為了讓耶誕夜那晚沒能在一起的実乃梨和竜兒感情更好，她打算忽視自己的心意。

不發一語的竜兒喘不過氣，只是看著大河修剪整齊，單薄透明的指甲前端透著光芒。

大河失蹤時，自己的想法十分明確：我絕對不會再放開大河的手，無論周圍怎麼看待我們之間的奇妙關係，我也絕對不離開大河——當時我確實是這麼發誓。

「……戀窪百合好慢。」

大河晃動雙腳小聲抱怨。

竜兒突然閉上眼睛，忍耐足以冰凍身體的暴風雪。

把我一個人丟在這種地方的人是大河。

放開我的手，漸行漸遠的人也是大河。

自己的心跳聲在耳朵深處熾熱迴響，耳朵、喉嚨都覺得痛，臉頰也莫名發燙。竜兒不知不覺用雙手按住臉頰。

「真是的——把人找來自己又不見人影，那個單身到底在搞——哇啊啊！」

「唔喔！」

就在此時，房裡發出比剛才更巨大的「喀噹！」聲響，櫃子的頂板往前傾斜，竜兒和大河也跟著往前摔——櫃子撐不住兩名高中生的體重，終於被坐壞了。「怎怎怎麼回事！」大河一個漂亮的前滾翻，輕巧地跪坐在地，但是還沒搞清楚到底發生什麼事。至於膝蓋著地的竜兒只顧著自己發麻的膝蓋，沒空對大河解釋。這種時候特別能看出運動神經的差異。

正當竜兒忍住痛楚不出聲時，眼前的門打開了。

「對不起，讓你們久等了……啊！你們把櫃子弄壞了！」

剛進入說教房的戀窪百合，也就是單身（30）說聲「天啊！」還故意把手上的文具掉滿地。真是冰河時期的反應。

「才不是！是鬧鬼了！」

那真是太遺憾了──！單身班導抓住大河的手把她拉起來，同時嘆了口氣。「這下子怎麼辦～」班導瞄了一眼隔板，再次重重嘆息：「沒救了。」

「你們真是的──啊啊，居然做出這種事！一定是你們兩個剛剛坐在上面對吧！」

不關我們的事。竜兒和大河以一模一樣的動作舉起一隻手在眼前不停揮舞，可是窗戶玻璃上的塗鴉就是不動如山的鐵證。即使塗鴉只剩下幾道水痕，戀窪百合還是看穿在櫃子上發生的一切悲劇。看似受不了的她以比平常僵硬三倍的表情大聲說道：

「真拿你們沒轍……好了，給我坐下！」

「不要！啊，超過四點了！已經放學了，我要回家！」

這招看來對班導沒用。

「不准不准不准──走！馬上就結束了，快點坐下！」

不──要──十分不高興的大河幼稚地鬧起彆扭。單身班導抓住她的手，把她拉到竜兒旁邊的位子坐下。大河以翹腳的動作表示抗議，還把臉撇到一邊看向窗外。坐在對面的單身班導皺起眉頭之後說道：

「知道我要說什麼嗎？你們兩個為什麼遲遲不交升學就業意願調查表？」

「對不起……不過我和家人還沒有達成共識。」

竜兒回答得很尷尬。大河沒有開口，只是抓抓鼻子下方，彷彿一切與自己無關。

「高須同學和逢坂同學的成績都很優秀，只要選擇要讀文組還是理組就好。你們應該都會被編入資優班。」

「等等，我真的——」

「高須同學說過是為了經濟問題而猶豫不決，不過這份調查表只是用來當作分班參考，不會因為這張調查表填得好就得以推薦進入大學，所以不用想太多。」

單身班導將新的調查表和兩支鉛筆擺在兩人面前，只差沒說：「給我馬上寫好交出來！」

不過竜兒還是毅然決然地把調查表推回班導面前：

「……如果我真的選擇升學，也真的編入國立大學志願班，就沒機會說服媽媽改變主意了。再說……要讓我媽明年一整年對我充滿期待，也太辛苦她了。」

現在也是，如果讓泰子知道考試之外還要花多少錢，泰子一定會再多找幾份工作。

「我不希望給了她希望又背叛她，也不希望她那麼辛苦，所以打算說服她讓我放棄升學。我沒有爸爸，也不希望讓媽媽繼續吃苦。」

「只有經濟方面的問題嗎？打算升學的同學也有不同的問題。只要有心，還有獎學金、低利助學貸款以及政府補助等方式。」

「我希望把那些管道讓給真正有心、有強烈需求的人。」

「也就是說——」

戀窪百合稍微挺起胸膛，正面看著竜兒的臉：

「高須同學希望就業？雖然母親希望你升學，但是基於經濟考量無法如願？」

「是的……媽媽把事情想得太過簡單，只會說些不切實際的話，完全沒辦法溝通，所以我們一直無法達成共識。」

「高須同學，我必須告訴你一件事。」

咚。竜兒不禁看向班導拍打桌子的手。

「我們學校近幾年來的就業成績是『零』喔。有學生重考，也有學生在家當米蟲，但沒有一個人是在三月畢業之後，四月就能成為正式職員開始工作的。其他高中或許有就業指導，也有企業前往招攬，甚至舉辦證照考試說明會，總之那些學校擁有為了高三生春季就職而準備的就業輔導系統，但是我們學校沒有。我希望你對這點作好心理準備。」

班導想說的是：從這間學校畢業的學生很難就業。竜兒搞不清楚班導這番話的動機，因而有些退縮。

「我沒有想得那麼遠……也沒有特別想從事哪一行，只打算在高中畢業後能夠盡快安定下來，有不錯的收入而已。」

「……如果高須同學真的有那個『打算』，我也會盡量協助你。對了，期中考結束之後要不要去打工？實際體驗一下工作的感覺或許不錯。」

「打工啊——嗯，也對。」

「不過我在想……高須同學，你過去是否不曾忤逆過母親？」

「……什麼？咦？忤逆？」

不懂話中含意的竜兒像個孩子一樣偏著頭。原本以為她會繼續解釋——

「那麼高須同學，連同我剛剛的問題，你再好好思考一下吧。」

可是戀窪百合的視線已經移到另一名問題兒童逢坂大河的身上：

「逢坂同學，妳呢？妳對將來有什麼想法？」

「……聽到竜兒說過經濟問題之後，我實在不想這麼說，但是——」

大河稍微看了一下竜兒的臉，停頓一會兒才低聲開口：

「……我家很有錢，可以一輩子不工作，所以也用不著念書。我沒有想做的事，父母死後的遺產都是我的，我只想靠那筆錢活下去……所以我沒有什麼好寫的。」

「你們……怎麼這樣……」

抱頭的戀窪百合幾乎快要撞到桌子：

「居然說沒有想做的事……想做什麼都可以喔？有興趣的事、嚮往的事……譬如想當歌手也行，也可以當漫畫家或旅行家。對了，學校老師如何？呵呵！怎樣？咦？不想？」

戀窪百合和嘟嘴沉默的大河側眼交換視線。看來疲憊的人不只竜兒——也不只有竜兒和大河。在場三人以三種姿勢陷入沉默。於是竜兒率先開口：

「……不升學這個選項真的這麼奇怪嗎？」

「沒那回事！」單身班導用力搖頭：

「不是那樣……我只是希望你們能夠認清自己，為十年後、二十年後、三十年後、四十年、五十年、六十年後的自己做打算。我希望你們知道，自己必須按照自己決定的方式過活。那可是不能怨天尤人，也不能要求別人負責。」

「那我知道了。」

竜兒伸手拿起鉛筆，在調查表的空格填上文字。希望是「理組」，畢業後打算「就業」。

問題只在於還沒獲得母親同意——應該無所謂吧。

我會努力讓泰子認清現實，反覆和她溝通。如果她還是無法了解或認同，我又何必認真尋求她的同意？只要自己決定、自己行動就夠了，沒有其他辦法。雖然班導說過就業不是條輕鬆的路，但是竜兒認為那是「唯一的路」。

如果那不是「打算」，那麼「打算」又是什麼？沒有該去的地方、沒有想去的地方。這樣的我該朝什麼方向前進？

沒有其他辦法，只有這麼做了。既然認清這一點，當然該往那裡前進。

「泰子……媽媽不願意面對現實的經濟問題，而我打算讓她明白這一點。她一直努力扮演母親的角色，也努力想要我認同她、對她放心，所以不斷勉強自己……我已經不想再讓她這麼做。不讓她吃苦就是我的目標。」

2年C班高須竜兒——寫上班級姓名之後，竜兒把調查表交給班導。班導粉紅色的嘴唇稍微動了一下，像是還想說些什麼——

「……我懂了。總之我先收下你的調查表。」

她把調查表收進資料夾裡。大河用閃閃發亮的眼睛看著她的舉動。

「那麼想辦法處理一下那個櫃子吧。逢坂同學妳也寫一寫，寫完拿到教職員辦公室就可以回家了。」

竜兒轉頭看向他們弄壞的櫃子。竜兒也不知道有什麼辦法處理。

不過戀窪百合在說完之後便離開說教房，房裡只剩大河和竜兒。竜兒長嘆一口氣，雖然感覺好累，還是得動手修好櫃子。這是自己的錯，怨不得別人。

「……沒辦法，我來看看要怎麼處理這個，妳快點把調查表寫一寫。」

「我也來幫忙。」
「笨蛋，妳只會愈幫愈忙。想早點回家就快點寫。」
大河哼了一聲坐回椅子上：
「說什麼將來，蠢斃了……就憑一張紙能改變什麼……你就當你的好孩子吧。工作？真的假的？明明連打工都沒做過……」
「這是我認真思考的結論。沒有打工是因為泰子不准……妳偶爾也好好思考一下自己的事情。」
竜兒決定先把櫃子中間的金屬隔板裝回去。幸好板子沒有扭曲變形，只要小心把它重新放回原位就行了。他抓住有點重量的金屬板，屏住呼吸用膝蓋頂住板子，然後仔細地將它插回櫃子裡。
不發一語的大河先是望著竜兒的舉動，然後慢慢拉過調查表，面對桌子彎腰。竜兒以為她終於願意寫了。
「你看！」
「……妳在搞什麼啊！喂！不要亂來！」
大河右手拿著簡單摺好的紙飛機。竜兒還來不及阻止，大河已經站了起來，跨過頂板脫離的櫃子，打開上面有塗鴉痕跡的窗戶：

「飛吧——！」

「啊！」

她把紙飛機拋向寒冬的天空。紙飛機乘風在昏暗的天空下轉了一圈才落下。

「妳這個……笨蛋！做什麼蠢事啊。走！我們去把紙飛機撿回來！真是的！」

「沒關係，那種東西不見就算了。」

望著窗外的大河彷彿一切都與自己無關，也不打算出去尋找不見蹤影的紙飛機。竜兒甚至看見她傲慢呼出的白色氣息：

「根本不需要那種東西……什麼將來？什麼有興趣的事？誰知道啊！誰看得見將來？我也看不到啊，少說得一副很懂的樣子！叫我寫什麼？叫我指望什麼？反正希望的事也不見得會實現。無能為力還要試著努力，只會跌落懸崖造成大騷動，給大家添麻煩……太陽穴的傷口讓我看清楚了。」

大河自暴自棄說出的這番話，竜兒實在無法反駁。怎麼祈求也不見得會實現——自己的想法正好與大河說的話吻合。

「甚至連去想都覺得多餘……反正你只會叫我別說那種話。」

「我沒有那麼說。」

聽到竜兒的話，大河轉過頭來。

「……我的想法和妳一樣。」

她看著點頭回應的竜兒，驚訝地睜大眼睛。竜兒繼續說道：

「我雖然不想這麼說，不過我們真的很怪吧。我貧窮，妳富有——境遇明明完全相反，得到的結論卻是相同。」

「……為什麼？怎麼會？你不是想要就業嗎？」

「如果問我是不是真的想就業，我無法回答『YES』。或許單身就是明白這點，才會對我說那些話吧。可是現實狀況就是這樣，我沒有其他選擇，只能挑選就業這條路。這應該是『正確答案』吧？應該符合我的『打算』吧？」

自己試著說出口，才發覺這是不負責任的發言，也難怪班導會覺得不安。

我想或許自己打算將來在某天跌倒時，把一切怪罪於「因為當時只有這條路可以選！」「因為當時我認為自己是為了泰子好，所以這樣做沒錯！」——以這種方式逃避責任吧。

我覺得自己在前進之前，就已經先找好逃避的道路。為了泰子——這個理由當然不假，問題是我將選擇「正確選項」的想法當成免死金牌，把自己擺在安全的地方。所有人，包括我自己在內，全世界的人都會認為「高須竜兒的選擇沒錯」「他是個好孩子」……我以能夠帶來如此結果的「正確選項」做為掩護。

事實上，竜兒很清楚自己只是缺乏勇氣——沒有勇氣直視自己心中恐怖的空洞，也沒有勇氣面對自己哪裡也去不了的無力感。

當然也沒有自信凝視自己親手丟出的球會飛到哪裡。話雖如此，但他並非絲毫沒有任何畏懼，能將自己的未來捨棄在寒冬的天空底下。這就是竜兒。

「妳一定覺得我很沒用吧？快罵我吧，像平常一樣毫不留情地罵我一頓。」

「你……」

大河沒有罵他是狗、豬、蟲、狗屎還是狒狒，只是閉上嘴巴看著腳尖低聲說道：

「如果你那樣叫沒用，我又算什麼……？」

原本應該是天不怕地不怕的掌中老虎，此刻沒有櫃子可坐，只能低頭看向窗外：

「你仍然看著前方，想著總會有辦法、要想想辦法。可是我……我連現在都看不見。」

大河的視線正在找尋不見蹤影的紙飛機軌跡。寒冬的天空逐漸轉暗，遠處城鎮一片昏暗，彷彿一波又一波直到海平面的海浪。

「我一直、一——直、一————直否定現在的自己。我一直思考為什麼我會變成這樣？該怎麼做才能改變？」

只有一個辦法——大河站在原地唸唸有詞：

「假如我的父母是很普通的父母……假如他們和普通人一樣過著同居生活、假如我們一家三口一起住在現在的大樓，情況會變得如何？你覺得呢？」

大河背對竜兒，臉靠著窗戶繼續說下去：

「很普通的一家三口住在你家隔壁。我們很普通地在四月份成為同班同學。假如真是這樣，我和你會變成怎麼樣？」

大河不斷重複「很普通」三個字，聽得竜兒一頭霧水。接著他開始思考——四月時的他為了與櫛枝実乃梨同班而欣喜不已，當時大家還誤會他是不良少年，然後和大河相遇。

「……妳應該還是會把要給北村的情書，放到我的書包裡吧。」

「是嗎？或許吧。」

「然後妳會三更半夜跑來我家報仇……怎麼會有妳這種女人。唉，算了。總之妳跑來我家，我們姑且算是達成共識之後，妳就很普通地回家，很普通地……對喔，如果妳是在普通家庭長大的小孩，就不會做出跑來我家報仇這種事了。這麼一來我不會認識妳，妳也不會認識我。」

或許這樣妳就不會喜歡我了——這句話當然沒說出口。竜兒一邊用膝蓋撐起鬆脫的櫃子頂板，一邊這麼想著。不過大河——

「……果然還是普通一點比較好。」

以自言自語一般的低聲說完，大河仍然背對竜兒。

「啊，有了！」

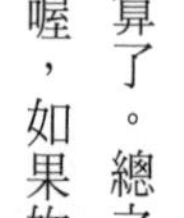

大河突然以想到什麼玩笑的模樣，用不像她的開朗聲音高聲叫道：

「我有想做的事！我想談個普通的戀愛！」

「啥……？」

「咯噹！」竜兒手上的板子發出聲響，差點掉下去。

他連忙伸手扶好，卻平息不了紊亂的呼吸。這傢伙剛才說什麼？她說戀愛？戀愛？也就是說——

要和我談戀愛嗎！

腦袋瞬間遭到重擊，竜兒害怕地抬起臉看著大河。僵硬的脖子因為害羞而發抖。大河，妳想做什麼？妳是以什麼表情對我說出這些話？可是……

「在很普通、很普通的家庭裡成長，成為普通的好孩子，普通地和某人相遇，普通地加深感情，普通地……我想要和普通人一樣談戀愛！我想要喜歡上某個人，而且對方也喜歡我，然後兩個人在一起。只要這樣，只要這樣——」

可是大河——

「……只要這樣就很幸福了。我想要談個這樣的戀愛。」

轉身的大河看來似乎沒有指明戀愛對象，一臉彷彿肚子不舒服的痛苦表情。這個表情不對吧？竜兒忍不住想要開口吐嘈。

和自己喜歡的高須竜兒在一起，為什麼會是這種表情——陰沉的神情、痛苦喘息而微張的嘴唇、苦澀緊鎖的眉間——？

怎麼會這樣？這才發現指甲刮到櫃子頂板，發出令人不舒服的聲音。竜兒把板子擺到一邊，凝神注視大河的臉，然後僵在原地。一股不對勁的感覺湧上心頭，就像一抹黑影聳立眼前。竜兒反射地想到：

「……妳和母親，真的相處愉快吧？」

她會不會又受到什麼傷害，一個人孤單寂寞了——？

「為什麼這麼問？」

竜兒的手在空中揮舞，「幹嘛啦！」大河不耐煩地甩開竜兒的手。雖然搆不著，可是就算碰到也沒有意義。

竜兒只是想要問個清楚。她的父親是那種人，既然她說和母親相處融洽，為什麼會露出這種表情？

簡直就像一無所有，比當初相遇時更加——

「我們相處得很愉快，非常愉快。」

「真的嗎？」

「畢竟我們沒有住在一起。至少以現在來看，絕對比高須家母子的感情更好。」

「……我和泰子沒有吵架。」

大河挑眉說聲：「是嗎？那就好。」便轉身走開。

「喂，妳要去哪裡？調查表怎麼辦！」

「我要回家了。誰管它怎麼辦。」

大河沒有回頭，順勢大步走出說教房。「啪！」房裡響起關門聲，竜兒又被拋在腦後。伸出的手遭到拒絕，如今只剩下竜兒一個人。他想踏一踏夢裡看見的雪地。

不過他沒有勇氣追趕大河。

好孩子竜兒必須把這個櫃子修好，然後去找應該在教職員辦公室裡等待的單身（30），報告大河已經回家了。

竜兒先回教室整理東西，拿著書包打開教職員辦公室的門。照理來說大河回家不關他的事，不過基於禮貌，他還是保持恭敬的態度來到這裡。

嘴裡說聲「報告。」並且點個頭，竜兒踏入教職員辦公室。時間早過了放學時間，老師各自在自己的座位上寫東西或是聊天。辦公室裡面的面談區傳出吵鬧的聲音，就連站在門口的竜兒都能聽見。

戀窪百合一手拿著紅筆，似乎正在改小考考卷。正當竜兒想出聲叫她之時——

「戀窪老師也來說說她！」

從面談區探出頭的學年主任搶先一步，讓竜兒只能把話吞下去，稍微往後退。

「川嶋完全不聽我說的話。」

「人家前陣子不是拒絕了嗎～～？」

喔！竜兒不禁睜大眼睛，以這對魔眼摧毀教職員辦公室，在校內發動政變！從今天起我就是老師！當然不可能。

「啊……」

看到跟在學年主任和另一位老師後面出現的亞美，竜兒不禁嚇了一跳。看到竜兒的亞美張開嘴巴，不過沒有和他打招呼：唉呀～～這不是高須同學嗎♡

「好了好了，話雖如此，也該尊重川嶋同學的意願……啊，高須同學！逢坂同學呢？」

「啊——呃，她逃走了。」

「咦——！為什麼！」

「就算妳問我為什麼……抱歉，我要回家了。」

「老師，我也可以回家了嗎～～？我回去～～了。」

「啊啊啊，你們都給我等一下！」

單身班導看看竜兒與亞美，又看向想對亞美說些什麼的老師，拿著紅筆起身說道：

「呃，高須同學在那裡等一下！至於川嶋同學……」

戀窪老師！其他地方又傳來叫聲。單身（30）今天特別受歡迎。

「啊、抱歉，等我一下。有什麼事？」

「好像是教材業者來了。」

「哇啊，對了！請他等……不，沒什麼，這樣不太好──」

單身（30）右手轉著筆，慌張到連話都說不好。竜兒知道亞美斜眼瞄著戀窪──「啊，川嶋！」「川嶋同學跑了！」──接著朝教職員辦公室前門衝去。老師們吃驚看著她的瞬間，竜兒也往後門逃跑。「等等！」單身（30）在他身後大叫。怎麼可能等！竜兒也不打算幫忙把大河抓回來。

竜兒和亞美在走廊上會合。他們雖然不認為老師們會追出來，但還是三步併做兩步往樓下狂奔，像是比賽一般來到鞋櫃。竜兒覺得自己是共犯，幫亞美撿起掉落的鞋子準備遞還給她，不過亞美從那次校外教學以來，第一句開口說的話竟然是──

「你幹嘛！多管閒事！拜託你不要跟著我！」

「啥！我哪有跟著妳！」

「喂，快點還我！你想對我的鞋子做什麼？變態！」

氣死人了！有必要這樣說話嗎？竜兒的腦袋瞬間氣到一片空白，近乎無意識地把撿到的鞋子用力一扔。

給我飛吧！

＊＊＊

究竟為什麼會變成這樣，竜兒直到現在還是不明白。總之就是亞美對竜兒說了要和他「絕交」。

根據亞美的說法，她討厭竜兒，也討厭她自己，因為兩人都是笨蛋所以討厭。而竜兒被実乃梨甩掉的原因，是因為亞美對実乃梨說了什麼。

亞美在校外教學第二天對竜兒說要絕交，於是一直持續到今天。

她明顯在迴避竜兒，避不掉時就加以無視。竜兒很希望亞美可以解釋清楚，至少簡單說明一下為什麼要這樣，但是卻連發問的機會都沒有。

「真虧妳能夠無視我這麼久。」

「……」

「妳也一直把櫛枝當透明人。」

「……有意見嗎？」

「真是幼稚！妳是國中生嗎？不，根本就是小學生程度！」

「很抱歉，因為我不像你和櫛枝実乃梨一樣那麼遲鈍。」

「妳說什麼？遲鈍是什麼意思？」

「明明一個甩人、一個被甩，居然還能夠當作什麼事也沒發生，假裝還是朋友。你們兩個真是噁心死了！」

亞美的臉就在旁邊，兩人之間的距離讓竜兒感覺得到她的氣息。亞美忿忿說完之後，像要阻止竜兒反駁，故意大聲說道：「哇啊！居然掉到那種地方。」

竜兒一手拿著自己和亞美的書包，另一隻手抓住亞美的手肘，支撐她單腳跳躍前進，還碰到她靠過來的身體，簡直羨煞那幫充斥校內的亞美信徒，叫他們垂涎三尺。但是真實情況卻是兩人在途中不斷你一言我一語。

竜兒奮力丟出的鞋子畫了一道拋物線，落入放學途中的男生集團。不幸的是那群人正好隸屬五人足球同好會，其中一人不知道那是全校偶像亞美的鞋子，反射性地漂亮一踢，由其他傢伙用胸口接下、膝蓋一頂，然後某人趁勢舉腳射門！一行人在一陣「唉呀！」、「啊哈哈！」便笑著離開。亞美可憐的鞋子飛過櫻花林蔭道，在機踏車停車場的屋頂彈了一下飛出校園，掉到後面的兒童公園裡面。所以要撿鞋子必須先出校門，沿著旁邊的人行道迴轉前往公園才行。

「超慘的！怎麼會有這種事！爛透了！真是不敢相信！」

「……抱歉。妳坐在這裡等，我去撿回來。」

竜兒讓亞美坐在公園入口附近的長椅，放下東西一個人跑去撿鞋子。亞美的鞋子以摩艾像的姿勢聳立在無人沙堆的正中央。

竜兒逕自反省——玩笑開過頭了。與天下無敵的掌中老虎共同生活的這段時間，自己似乎也染上粗暴的惡習。竜兒拍拍鞋子上的沙子，準備還給亞美。

「……你在幹嘛？」

竜兒的貼心舉動，是擔心沙子弄髒亞美的手和制服，可是亞美完全不領情：

「你幹嘛一直盯著人家的鞋子看……嗯，難道是真的？不會吧？」

「嗯什麼？」

不曉得亞美是否誤會什麼，連忙從竜兒手裡搶回自己的鞋子：

「……高須同學該不會對女生的鞋子有特殊癖好？有有有，偶爾會有這種人，靴子癖、高跟鞋控……喔，高須同學喜歡學生鞋嗎……哇啊！」

「才不是！妳的腦袋到底在想什麼！拿去！自己把沙子弄乾淨！」

「啥？你在命令我？這是誰造成的？話說回來，你以為自己是誰？」

「……是是是，抱歉！全是我的錯！」

真是非常抱歉！竜兒再度搶過亞美的鞋子，惱羞成怒地碎碎唸個不停。把鞋子反過來輕敲幾下，跑進學生鞋的沙子飄落，弄髒竜兒的鞋尖。

什麼少子化，根本只是世人的杞人憂天。傍晚時分的公園裡雖然不見小孩子的蹤影，卻有幾名小孩跑過馬路。他們全都揹著寫有知名升學補習班名字的背包，一臉認真地朝車站的方向走去。

在這個名稱為「兒童公園」的公園裡，長椅上坐著身穿深藍色短大衣，一隻腳沒穿鞋子，露出襪子的長直髮美女高中生，以及長相凶惡有如阿修羅，瘋狂清除鞋裡沙子的謎樣立領學生服男生。

「啊、對了，今天是二月十二日……私立國中的入學考試應該快考完了。」

又是一名揹著補習班背包的學生跑過。亞美看著他的身影自言自語。

「妳怎麼對私立國中考試這麼清楚？」

「我考過。」

「……我還真的不知道。所以妳和大河一樣，都是私立國中畢業的？」

「我全部沒考上，所以是念公立學校。」

……沒想到會演變成這麼尷尬的局面。竜兒忍不住想要道歉，不過原本心情就不好的亞美只是撥弄長髮，小聲說句：

「後天就是情人節了，你期待嗎？」

「不，和我一點關係都沒有。」

竜兒說完之後繼續清理鞋子裡的沙。大部分的日本男生，心中那種為了情人節而雀躍不已的天真想法，早在小五到國二這段期間便破滅殆盡。有種說法是千萬別相信會說「咦？很期待啊！」的男生。

亞美的嘴唇突然露出微笑，閃亮的眼睛彷彿發現新玩具的吉娃娃，看向竜兒的臉：

「喔～～？你是說真的？你該不會期望能從某人那裡收到巧克力吧～～♡啊，不過很難說，畢竟對方是全天下最不曉得察顏觀色的心臟肌肉女。」

亞美這種討厭的說法完全偏離主題，竜兒也隨口帶過這個話題：

「心臟一般來說都是由肌肉構成。話說回來，妳為什麼被留下來？」

「……和你有什麼關係？我才想問你為什麼還在學校？啊啊，該不會又作惡夢然後大喊了吧～～？『大河～～！』噗，真是蠢斃了，真不敢相信。你到底夢到什麼？我想百合老師應該很擔心吧～～」

「妳在說什麼？我只是被留下來討論升學與就業的事……再說，妳到底怎麼了？怎麼好像心情不太穩定？連心臟是肌肉構成的都不知道？我是不太想說，不過考國中的成績那麼差……妳該不會和春田同等級，才會被老師叫去？」

「啥？才不是！你這個人個性怎麼這麼差！」

亞美彎起擦了透明唇蜜而淡淡發光的嘴唇瞪著竜兒。兩人的身高差不多，同樣高度的視線顯得特別有魄力。但是聽到亞美竟然說自己「個性差」，的確滿受傷的。

「我可是人稱『溫柔體貼的高須』喔！」

「誰那樣稱呼你了？你對我一點也不溫柔體貼啊！順便告訴你，我被叫去是因為他們希望我幫學校拍攝明年簡介要用的制服照，但是我拒絕了！」

「原來是這麼回事。答應不就得了？反正妳很擅長。」

「什麼叫『這麼回事』！對我來說……！一開始我也是乾脆答應了，可是……我現在不想拍了！絕對不拍！」

「為什麼？」

「我不曉得自己還會在這間學校待多久。」

「那種事——」

那——什麼？

看著亞美的竜兒不禁張大嘴巴，不知道該如何回應。「嘖！」輕聲咂舌的亞美皺起眉頭，表情寫著自己太多嘴了。

竜兒僵在原地忘了發問。剛才那句話的意思，代表她打算離開這間學校……？

竜兒想到一個畫面——亞美在校外教學時和実乃梨吵架，兩人吵到最後已經口無遮攔，連不該說的話也說出口。當時她們說的話，竜兒一字不漏記在腦中。

「……該不會是因為櫛枝叫妳『滾回原來的學校去』吧？妳把她說的話當真……」

「才——不——是——不是那個原因啊——愈扯愈麻煩了。」

亞美不耐煩地搖搖頭，粗魯地把只穿襪子的腳抬到另一隻腳的膝蓋上，抓著腳踝彎下腰，彷彿在心中整理自己想說的話。亞美擺出拿著盒子的姿勢，做出把盒子擺到旁邊的動作，但是這個舉動似乎沒什麼意義。

「不是因為那樣——和那傢伙對我說了什麼無關。亞美美的人生才不會被櫛枝実乃梨那傢伙影響。」

「那麼為什麼會這麼說？」

「……之前就想這麼做了。真的，很早之前就有這種想法。」

亞美邊說邊對竜兒伸手，想要回自己的鞋子。竜兒忍不住高舉拿著鞋子的手，不讓亞美碰到。見狀的亞美只能無奈嘆息，也沒有硬是要拿回鞋子。竜兒甚至在想：乾脆讓鞋子再飛一次好了。

「高須同學。」

「不還。」

「真是的──」

拿了鞋子她就會離開，所以絕對不還。

話還沒說完，怎麼可能這麼乾脆放過妳，讓妳繼續無視我！我不准妳休學！也不准妳拋下我自己離開！

「……其實在第一學期結束時，我就打算離開這間學校。那是打從轉學過來時就有的打算。本想等到跟蹤狂的事告一段落，就轉回原本的學校，或是乾脆改上函授學校。」

「上學期……這件事妳根本沒提過，難道妳原本是打算在暑假從別墅回來之後，就不再出現嗎？」

「是啊。」

「妳……川嶋！」

「不過我還是留下了。當時的我心想，再多待一陣子好了。無論明天或將來，繼續待在這裡和這些傢伙在一起……或許會有什麼改變，或許我就能夠改變自己──我當時是這麼想的。」

當時──竜兒回想起去年夏天的亞美。和現在一樣壞心，和現在一樣漂亮、黑心、個性不好，是個莫名其妙的傢伙。而且──

「但是我後悔當初有那種想法。」

而且比現在更……該怎麼說？龍兒也搞不清楚自己的想法，只能把視線從亞美漂亮的臉上移開。

亞美變了。竜兒記得実乃梨在校慶排練時這麼說過。

沒錯，夏天過後的亞美與四周比以往更加熱鬧。她和大河也不曉得是感情好還是不好，一碰面就會吵架，而且班上同學也樂見兩人鬥嘴。當大家稱讚亞美的美少女形象時，也在不知不覺間接受她黑心又毒舌的一面。大家接受她、當她是朋友，吵吵鬧鬧地度過每一天。竜兒認為同學是真心喜歡「真正的亞美」。

亞美在班上的存在感之所以有了改變，是因為亞美開始展露真正的自己。她不再掩飾、修補、裝傻，以亞美真正的想法與大家相處。這是竜兒的看法，可是——可是亞美卻推翻那些日子與那樣的自己，說自己覺得後悔。

「妳的意思是妳後悔這些日子和大家……木原、香椎、北村、大河、櫛枝，還有我相處嗎！」

「我真的很感謝麻耶和奈奈子，還有大家也是。我沒想到大家會對我這麼好。小學、國中、還有之前的高中——遇過很多事，可是這是我第一次交到朋友。在前一間學校也有些交情還可以的同學，但也僅止於普通。我不曉得他們在私底下怎麼說我，而且在我轉學到這裡之後，他們也沒有和我聯絡。」

「真的假的……」

「意外嗎？」

竜兒點頭回應亞美。他原本認為亞美這種美女無論到哪裡、無論自己主不主動，都會成為眾人的中心，受人歡迎，而且是眾所矚目的焦點。

「反正學校只是暫時待的地方，彼此只是在這段時間產生虛偽的人際關係，畢業之後就可以忘記。我真正在乎的是工作，真正的我是模特兒的我，只要忍耐幾年就好——有這種想法的人怎麼可能交得到朋友？就算大家再幼稚也懂這一點。可是轉學之後的我捨棄過去的想法，而且被大家接納……我好高興、好開心、好希望能夠加以珍惜。」

「既然這樣……那就珍惜啊。」

「太遲了，我做錯了太多事。」

亞美突然伸手搶回鞋子，側坐在長椅上彎腰穿好，長髮從肩上滑落：

「嘿咻……該怎麼說……我這麼說聽起來可能有點莫名其妙，總之……我看到老虎受傷的地方，知道她的心情，心想：既然沒有其他人注意，不如我來幫她吧……當時的我是這麼想的。」

竜兒不由得瞠目結舌，川嶋亞美果然全部知情。

「這段期間我不只看到老虎，也看到其他破綻。到處都是……是啊，其實我原本想幫助所有人，將一切帶往好的方向。這樣一來，我就能夠保護這裡。」

穿好鞋子、拉起襪子的亞美離開長椅，用纖細的手指梳弄長髮，低頭看向竜兒：

「不過另一方面，我也受傷了，卻沒有任何人發現。為什麼只有我這樣？為什麼沒有人為我著想？有人注意到我的存在嗎？」

現在才來說「對不起。」「妳被誰傷害了？告訴我，我們回到那時候重新來過。」也於事無補。說了亞美也不會接受，因為根本不可能重來。

「我想保護這個願意收留我的地方，所以我告訴自己不能多想，但是破綻愈來愈大，我也不清楚自己能不能阻止。於是焦急的我愈錯愈多，更加無法轉圜……結果就是這樣。」

我是帶來麻煩的異端分子。

大家明明接納我，我卻搞砸了。

「沒……沒那回事！」

竜兒跳起來，發出幾乎是吼叫的聲音：

「誰說過那種話了？別開玩笑了！只有妳自己一個人那麼想！如果真的有人說過那種話，我絕對饒不了他！」

亞美一瞬間——只有一瞬間凝視如此吼道的竜兒，接著皺起眉頭，整張臉像是快要哭出

來。但她只是在冷冽的寒風中吸了一下鼻子：

「可是……事實就是如此。」

恢復平靜的她沒有哭泣也不憤怒，只是淡淡回答：

「原本可以順利的事，卻因為我的介入——啊，那裡我必須做點什麼；啊，這裡我應該加以插手、必須拯救大家——雞婆搞出一堆事來，最後……好多事情都變調了。高須同學會被実乃梨拒絕，也是因為這樣。我和実乃梨大吵一架，我們之間已經沒辦法再恢復以前那樣。再加上因為我們吵架的關係，害得老虎……老虎那傢伙差點死掉。情況變成這樣……我、現在——」

看得出來亞美說話的嘴唇正在顫抖：

「——好寂寞好寂寞好寂寞、好寂寞，真的寂寞到無藥可救。」

妳這個混蛋！竜兒很想破口大罵。

但是湧上心頭的情緒太過猛烈，所以開不了口。竜兒的肩膀也在發抖，到底該從哪裡說起比較好？該怎麼告訴亞美，才能讓她明白聽到這番話的我是什麼心情？

「妳……」

竜兒腦袋裡浮現大河剛才的模樣。一個人孤伶伶地為了無法改變的事後悔，也讓竜兒看到她和自己相似的地方。

大河還有我……不只我們，大家都有類似的地方。或許大家都是一樣。

無法順利前進，不了解別人，也找不到有誰了解自己。

「……既然妳說失敗，怎麼可以就此拋開一切逃走！轉身不去面對，嘴上還喊著好寂寞好寂寞，這算什麼？被拋下的我們難道不寂寞嗎！」

連彼此了解都做不到，只能像這樣空虛怒吼。明知道碰撞留下的傷痛是那麼鮮明。

大家想必都是如此。我、亞美、大河、能登、春田，還有北村也是，大家一定都有過無能為力的時候，我想恐怕就連如此積極的実乃梨，也曾有過一個人苦思：「如果……」的時候，可是這種痛苦不能讓人看見。大多數的人只能顧及自己的痛楚——這是事實。

「在妳的眼中，有多少人是順利的？大家、每個人都有自己的擔憂，都做了許多多餘的事，都是歷經失敗、丟臉、一路跌跌撞撞走過來的！妳覺得自己失敗就失敗，有什麼關係！丟臉出醜又有什麼關係！一句『搞砸了！』就好了啊！為什麼要那麼——」

「你有資格說我嗎！」

竜兒被亞美的高聲反擊嚇了一跳，不由得一個踉蹌。

「你根本沒有注意我的煩惱和受傷！你、你從來不曾注意過我！」

「誰有空理妳！誰又知道妳怎麼了！我又不是那麼完美的人，哪能夠面面俱到！」

人到底要活到幾歲、長到多大，才能不再說出這麼沒出息的話？才能夠相互理解、體諒，正確表達自己的心意？

「既然如此，就別說什麼好聽話！像你這種人……如果我不認識你就好了……！」

到底要到什麼時候，才能不去傷害重要的人、重要的朋友而活下去？才能不受傷害地活下去？

「早知這樣，我當時就應該休學！」

亞美以發抖的聲音如此叫道，一邊用手背拭去淚水一邊跑開。留住她又能怎麼樣？想不到任何辦法，什麼也辦不到。

竜兒瞪著亞美的背影離開公園，然後朝與亞美相反的方向邁出腳步。

等他終於注意到手機時，未接來電已經超過十通。

4

「……房東還醒著～～？怎麼會～～？」

「就叫妳別管這麼多。房東說改天會拿蜜棗濃縮精華液過來。」

從樓下房東房間回來的竜兒如此回應，同時簡單整理三個人扔在玄關的鞋子。每天早早就寢的房東醒著等待竜兒告知情況，幸好家裡有當成禮物也不失禮的橘子。

竜兒走進家裡，看了一眼泰子的房間。泰子看到剛回來的兒子，「耶嘿～」綻放笑容，但是蒼白的臉色就好像泡過漂白水，眼眶與嘴唇也少了往日的血色，呈現不透明的暗沉茶色。

「害房東擔心了……店裡怎麼了～？我打個電話……」

「不行不行！」

身穿制服的大河阻止從睡鋪起身，伸手想拿手機的泰子。「要躺著才行，等一下血壓又要下降了。」大河壓住她的肩膀、拉起棉被重新蓋好。

「我剛剛已經打過電話去店裡。是老闆接的。」

泰子仰望站在拉門外面的竜兒，口中喃喃自語：嗚～不妙了～

「總之老闆要妳今天好好休息。他說明天下午會再打電話過來。」

「……他有沒有說：就是這樣，我才不想用歐巴桑～？」

「沒說。」

「……他是不是說魅羅乃已經是歐巴桑了，要找些年輕有活力的女孩子～？」

「他沒有說那種話。妳別胡思亂想，快點睡吧。醫生不是也說，妳只要好好睡一晚就會好了？我幫妳準備了晚餐，能吃就多少吃一點。」

「……泰泰要睡覺。」

泰子一邊碎碎唸一邊鑽入被窩。竜兒看見她的動作，於是關上房間電燈，大河也輕手輕腳起身離開房間，小心關上拉門。

在客廳的小鸚直覺感應到屋裡的氣氛異常，爆著青綠色血管的眼皮半遮著眼，鱗狀剝落（冬季乾燥）的雙腳好像蝙蝠倒吊在鳥籠裡。接著以莫名正經的聲音問道：「怎樣了？」可是被大河「噓！」狠瞪一眼，也只好點頭閉嘴。這並不是因為牠理解人類的語言，而是恐怖的巧合。

「……真是抱歉。」

「沒關係。」

大河冷漠地回應竜兒，在坐墊邊緣坐下。面對電視的右手邊，從以前就是大河的專屬座位。如今的她坐在這裡看著自己伸直的腳尖，似乎有點不高興。

早一步回家的大河不經意看向高須家的窗戶，正好看見剛從西點屋下班的泰子。大河從寢室窗戶對著走進客廳的泰子揮手，卻看到沒有反應，傻傻站在那裡的泰子臉色發青。下一秒鐘，泰子便往後倒下。

大河連忙離開房間奔往高須家，才發現忘記帶備用鑰匙。跟據她本人的表示，真是嚇到「差點瘋掉」，於是跑到樓下的房東家門前，以「敲擊大鼓」的氣勢猛敲。幸好房東在家，所以她趕緊打開高須家門，看見臉色蒼白倒地的泰子，馬上找來附近的醫生。

等待醫生前來的這段時間，大河始終陪在泰子身邊，房東則是幫忙聯絡竜兒。在此同時，竜兒這個笨兒子把同班女生的鞋子丟出去，在公園和對方起爭執，弄哭了對方。

「泰泰要不要緊？應該沒事吧？醫生說是貧血。」

「有事就麻煩了。」

「她的臉色已經好多了。」

「我也這麼覺得。」

全力奔跑，差點昏倒的竜兒總算回到家，發現房東正在玄關等他。當時泰子白到發綠的臉色比現在還要驚人，而且沒辦法說話。身邊的陌生歐吉桑歐巴桑把手伸向泰子的胸口與手腕，在竜兒眼裡就像是泰子遭惡徒抓住，即將要被解剖。那些人沒穿白衣，因此竜兒沒想過他們是醫生。要不是大河坐在泰子身旁，竜兒差點因為腦袋混亂發出慘叫。

泰子挪動眼睛看到竜兒回家，這才動了嘴唇無聲說道：對不起，竟然搞成這樣。

喝了很多酒的泰子從清晨五點左右睡到八點，醒來之後睡不著也吃不下，於是帶著未醒的酒意去西點屋打工，下場就是引發貧血。天生的低血壓也是原因，幸好不是太嚴重。總之姑且不用擔心。只要補充鐵質和睡眠，避免飲酒過量——醫生說完這些話就離開了。

竜兒放心聽著醫生特有的委婉說話方式，注意到鼻尖傳來「那個味道」。彷彿為了讓老人與病人方便吞嚥而打碎的淺褐色食物加上消毒水的味道，實在令人有點不舒服。

在竜兒小時候，還沒搬到這個鎮上之前，泰子有一段很長的時間都在看病。他到現在還不知道泰子當時到底是生了什麼病。因為當時年紀小，記憶已經模糊，只記得自動門打開時迎面而來的那股味道，以及醫院托兒所天花板的花樣，還有牆壁上貼著小雞與母雞圖畫——竜兒憶起置身在那股味道之中，望著這一切的心情。

內容已經完全背下來的繪本；兩邊發黑、一閃一閃的日光燈管；牆角的頭髮與灰塵；排列在廁所牆邊，不曉得用來做什麼的桶子；桶子上面的塑膠名牌；通往樓下寂靜無聲的樓梯；有個恐怖標誌的鐵門。

討厭無聊，討厭和不認識的大人小孩待在一起、討厭別人和自己說話、心臟莫名狂跳、喉嚨發燙、想要哭泣的心情——其實自己很不安吧。

當時的竜兒是個不安、害怕、膽小的孩子。

那種無能為力到了現在依然沒有改變。

「晚餐……怎麼辦？家裡什麼都沒有……我趁現在去買些泰子醒來之後可以吃的東西好了。」

「那我在這裡看著泰泰。」

「沒關係，妳應該也累了，先回去吧。等一下我把晚餐送去妳家。」

泰子說過胃不舒服，既然這樣就煮些好消化的粥，還是煮湯呢？煮個冬粉湯好了，再來是準備補充水分的寶礦力、泰子最喜歡的布丁、冰淇淋、杏仁豆腐等，順便買本雜誌讓她明天可以看。

——大概就是這樣。

竜兒雖有選擇這些東西的知識，但還是辦不到更重要、真正必須要做的事。更別提自己雖然已經長大、有了智慧，卻是造成這個情況的元凶。

如果泰子白天沒去打工，就不會發生這種事；如果她不打算讓竜兒繼續升學，就不會發生這種事；如果自己當時沒有那麼說，就不會發生這種事。

「我沒關係，更重要的是泰泰。我也很擔心啊……竜兒？」

竜兒抱著頭，一時之間忘了該做什麼，腦子一片空白……錢包。對了，錢包。

竜兒抓著錢包。我要去買東西，去買食物。他緩緩踏著腳步走出去。

「喂、你沒事吧？喂！」

開著客廳的電燈，竜兒稍微聽過紙拉門後面的動靜，感覺到泰子平穩安睡的呼吸聲。

「喂，竜兒。」

「我出去一下。」

穿上拖鞋的竜兒走出玄關，沿著樓梯往下走。

這才發現周圍一片黑，已經是晚上了。

街燈在柏油路上投射圓形燈影，混有玻璃的柏油路面閃閃發亮。牽著小狗的女性吐出白色氣息走過竜兒身邊。帶著口罩大聲說話的上班族也從後面追過竜兒——他不是在自言自語，而是正在講手機。

哈——自己吐出的白色霧氣始終不見消失，在面前慢慢往上飄。竜兒一面移動雙腳，感覺像是在追趕自己吐出的白霧。

怪不得眼前會模糊一片，看不清楚。

他甚至沒注意到背後傳來的腳步聲。

「喂，不穿外套嗎？你連鑰匙和手機都忘記帶！還有購物袋！」

「……啊……咦？」

背後突如其來的衝擊讓竜兒差點站不穩。

大河從背後撞了上來。竜兒回頭看到的大河就像失控的火車頭，不停吐出白色霧氣。

「振作點！豬頭！」

她遞出竜兒平時穿的羽絨外套，竜兒這才注意到自己的打扮。立領學生服和毛衣已經脫下，身上只剩制服襯衫和長褲，光腳套著拖鞋。低頭的竜兒被自己的遲鈍嚇了一跳。

「真是的——快點穿上！」

大河用力把外套推到竜兒胸前，接著用另一隻手拿出竜兒的購物袋，裡面應該裝有竜兒的手機和自家鑰匙。發現竜兒異狀的大河急忙拿起這些東西，在寒冷的天氣裡氣喘吁吁地追趕竜兒。

可是紅著鼻子的大河——

「妳……妳的腳是怎麼回事？」

「咦……？哇啊！」

沒穿外套的大河身上只有單薄的制服，穿著厚褲襪的腳套著泰子的拖鞋。大河低頭看向纖細雙腿底下的腳掌。

「穿錯了……！」

低聲唸唸有詞的大河用雪白小手摩擦額頭。

「妳穿吧。」

竜兒從大河手上接過外套，直接披在大河肩上。可是大河不情願地扭動身子：

「不要！沒關係！我要回家了，你穿吧！」

大河閃到路邊，將拖鞋踩得喀喀作響。不，妳穿！竜兒原想這麼回應，但卻說不出話，手裡抓著外套呆立原地。

發不出聲音。

喉嚨沙啞。

今天真是一團亂。

「……竜兒？」

竜兒知道大河正在仰望自己。稍微偏著頭的她睜大雙眼看著竜兒，長髮在低於冰點的北風裡隨風搖曳。

妳穿上之後先回去吧。我會幫妳準備晚餐。謝謝妳幫我拿購物袋——竜兒連這幾句話都說不出口。

喉嚨彷彿被什麼東西塞住。不發一語的他把外套強行披在站在牆邊的大河身上，然後什麼也沒說便轉身走開。

一個人單手拎著購物袋，走在夜晚的路上。

要買些什麼？看看手機上的時間，還沒超過八點，比想像中要早。這個時間超市還沒休息。竜兒邊往商店街的方向走去，邊望著快凍僵的腳趾，耳裡聽見拖鞋的喀喀聲響。

不用回頭也知道是大河的腳步聲。大河偷偷跟在竜兒的後面。

她該不會以為這麼做不會被人發現吧？竜兒在行人穿越道前停下腳步，大河立刻躲在附近的電線桿後面。看到綠燈的竜兒再度邁步，過了一會兒再度聽到喀喀喀的腳步聲。

我知道妳在後面，快回去！竜兒很想對大河這麼說，但是如今不但喉嚨哽咽，胸口也很鬱悶。走在前面的竜兒與間諜大河——愚蠢的兩人佯裝不知，在夜晚的街上繼續前行。

一句話也說不出口，八成是因為竜兒不知道自己開口會說出什麼話，所以他的喉嚨發不出聲音。

你從來不曾注意過我——竜兒此刻想要回應亞美傍晚在公園裡大喊的這句話。他想告訴她：那麼我現在的心情，妳又知道嗎？妳絕對不可能明白，不是嗎？

因為我絕對不會告訴妳。

痛苦的我絕對不會說出口。我不想讓任何人看到這樣的自己、不希望讓別人了解這些、不想對任何人說、不願意別人察覺。因為如果有人發覺，聽到這件事的人——

「……哈啾！」

——還有在意的人，就會想辦法做些什麼。

竜兒停下腳步轉身，終於能夠說出「回去。」兩個字。大河似乎很驚訝，擦擦打噴嚏的鼻子睜大雙眼。看來她真的以為沒有人會發現。

「回去，我說真的。」

「……不要！」

竜兒不斷叫她回去，還抓住大河的肩膀往回推。大河的體型嬌小，卻是站在原地一動也不動，不讓竜兒動搖半分：

「我不回去！你有點不對勁！」

大河瞇起大眼睛露出威脅的眼神，顯得十分固執。

「夠了，妳給我回去！」

「就跟你說我不走！我不和你說話！也不和你走在一起！只是想跟著！為什麼不行？這是我的自由！」

竜兒不願意和她多說什麼：

「這樣我很傷腦筋！妳根本幫不上忙，快點回去！」

竜兒不希望再有任何人為了自己的將來累到倒下。不管貧血或生病，他都不想再經歷一次這種事。

他絕對不希望再有任何人、再讓任何人為自己犧牲。

「不回去！我要跟著你！」

「我叫妳回去！」

「我要待在這裡！禿頭豬放手！別碰我！」

竜兒與大河在商店街前的路上無謂地拉扯。大河用力推著竜兒，竜兒也以幾分認真地戳著大河的肩膀，同時拚命咬住嘴唇。雞婆、麻煩、擋路、囉唆、自我中心——腦中冒出一大堆抱怨，可是卻說不出口。逼近喉頭的叫聲已經快要壓抑不住。

——如果死了怎麼辦！

愚蠢幼稚的想法占據竜兒的內心。他害怕思考這件事，自己似乎隨時可能失控大喊，所以咬到嘴唇都破皮了。

一直、一直、一直害怕這件事，從很久之前就很害怕。「如果媽媽死了怎麼辦？」這個想像正是恐懼的根源。

兩人一起攜手走過的傍晚、兩人面對面唸著繪本的夜晚、在大太陽底下坐在母親腿上一起盪鞦韆——先前一直相信「不用擔心。」的魔法咒語，可是這句咒語卻突然失效。這個恐怖的想法不斷在竜兒腦中徘徊不去。

「夠了，妳快回去！」

「竜兒！」

大吼一聲甩開大河的手與呼喚，使盡全力跑開。

跑進暗巷的竜兒彷彿是要避開人們熙來攘往的商店街燈光，在從學校窗戶看起來像是黑暗波浪的房子之間亂竄。竜兒像條狗一樣氣喘吁吁，硬是嚥下湧上喉嚨的聲音。可是無論怎麼跑，小時候的不安與恐懼都緊緊跟著他。再這樣下去，自己會被那些情緒抓住。

逃避不了嗎？

竜兒的世界裡一直只有泰子。太過年輕就當上媽媽的泰子抱著竜兒，一起離開安全的船上，孤零零地在深夜的大海漂流。竜兒拚命抓著泰子，在無邊無際的波浪裡載浮載沉。如果放手，一切就結束了。這雙手唯一捉住的人如果不在，一切就結束了。自己永遠都是孤單一人。每次想到這裡，竜兒總是會感到害怕。

可是隨著竜兒長大，經歷幾次溺水的他漸漸有在波浪中游泳的勇氣與力量，覺得就算放開泰子的手也沒關係。一個人游開，靠自己的力量找到安全的船，再把泰子拉上船。

竜兒是這麼想的。

因此當媽媽覺得「還不能離開喔。」而伸手抓著他時——『高須同學，你過去是否不曾忤逆過母親』——竜兒想甩開泰子的手。

「坐在這邊。」、「要乖喔。」、「等我回來。」、「去念書。」、「一起吃飯。」、「不准打工。」——對泰子所說的話照單全收的竜兒，第一次產生反抗的情緒，而他的反抗就是放棄升學，選擇就業。因為他想揮開泰子的手。

竜兒不曉得該往哪裡去，但是他想試著自己游泳，他想站在「正確」的位置，贏過「錯誤」的泰子。他想站在有利的立場。明知自己的選擇缺乏責任感、明知自己沒有好好思考未來，不過就是因為知道自己是「正確」的——也做好心理準備為了「正確」犧牲。

高中畢業後放棄升學直接就業，對竜兒來說並非犧牲。既然自己沒有特別的期望，就以

「正確」與否作為選擇依據——這才算是犧牲。這種方式選擇的人生道路，無論升學、就業、留學，都是犧牲竜兒的未來。

他害怕正視自己的期望落空，所以企圖靠著接近「正確」來尋求逃避。可是竜兒無法否認自己此刻正在一味地逃避，未來也將因此毀壞。

他也發現這麼做會傷害泰子，可是他想超越那個獨一無二的媽媽。他想變得比媽媽堅強，即使失去媽媽也不要緊。

竜兒認為只要加以反抗、超越，就能夠克服「失去媽媽一切就結束了」的恐懼。

自己真的有力量一個人游泳嗎？不知道。正因為不知道，所以想要嘗試。總而言之，就算犧牲自己，竜兒也想撇開那些因為擔心而出手干涉的大人們。或許他只是想這麼做。

問題在於因為自己無法讓大人徹底放心，泰子才會想辦法阻止兒子離開。於是竜兒再度被熟悉的不安與恐懼所籠罩。

不過這次的害怕並非擔心媽媽被冰冷的大海奪走，而是害怕自己半吊子的泳技會拖累媽媽、害得她溺死。

按住嘴唇的手指正在顫抖，這不單純只是因為寒冷。

「抓、抓到你了——！」

竜兒因為有人從背後抓住他的手肘而一個踉蹌。沒想到穿著拖鞋的大河能夠追上，她以恐怖的力量拉扯竜兒的手，用力把竜兒轉過來。強勁的力道讓竜兒趁勢踏了一大步。

「竜兒！停下來、我叫你停下來！」

「我的——」

「夠了，停下來，豬頭！很危險耶！你難道沒發現剛剛差點被車子撞到嗎！」

即使如此，竜兒還是想逃走，結果就是屁股被大河狠狠踹了一腳。雖然不痛，但他終於不再逃跑。

「是我的錯……都是我的錯吧？」

竜兒沒出息地抱住電線桿，內心唸唸有詞：放過我吧。他以拚命抓住電線桿的手擦拭自己的臉，不想讓大河看到臉上的表情。

「你在說什麼啊！」

「都怪我，泰子才會昏倒。都是我害的，是我的錯。」

「你……你想對泰泰勉強自己的事負責嗎？可是、可是那是沒辦法的！泰泰會昏倒是因為貧血，這是身體的問題。人就算再怎麼謹慎小心，總會有身體不適的時候！這和是誰造成的、是誰的錯有什麼關係？再說泰泰是你媽，沒有人能夠阻止泰泰為了你努力啊！」

聽起來很喘的大河依然說個不停。父母從未為了大河做過什麼努力，因此她所說的話，有著不懂雙親心情的天真。大河的言下之意是要竜兒「坦然接受」，所以更讓竜兒感到不知所措，被迫正視自己的軟弱與天真。

「妳根本什麼都不懂！」

顫抖的嘴唇發出尖銳的聲音：

「泰子因為我變成那樣。如果我能夠更可靠一點，泰子就會相信我辦得到，多少依賴我一點，也就不會變成那樣了！」

「我……我怎麼會懂……」

大河不知如何是好的小手放在竜兒的肩膀上，只能無能為力地輕撫他的背。

竜兒想甩開那隻手。

就像甩掉泰子的手，竜兒想要搖晃身體甩掉大河的手——

「我該怎麼做才好……？」

「竜兒——」

瞬間的接觸將手上的溫暖化為太強的刺激，傳到竜兒冰冷的手指上。大河仍然待在竜兒身邊。竜兒本能感覺這是最後的救贖，所有胡思亂想在這個瞬間燃燒殆盡。

竜兒的反射動作將原本打算甩開的手緊緊握住。在照亮四周的街燈底下，大河驚訝地睜大眼睛。

竜兒用力握住大河的小手，骨頭甚至發出恐怖的吱嘎聲響。即使如此，大河仍然沒說半句話——沒有喊痛，也沒要求竜兒放手。

她什麼都沒說，只是以深藏無限光芒的眼睛看著竜兒，將擾動所有思緒的視線注入竜兒心裡。大河以其他人學不來的強勢態度介入，以難以抵抗的力量入侵，劃破遮蔽想像之海的漆黑天空。大河雪白的臉龐，看穿竜兒所有的心思。

她從撕開的裂縫之中，把手伸向在波浪之間載浮載沉的竜兒。

抓住吧——

「我到底該怎麼做才好？為人父母就可以不聽勸告亂來嗎？我要怎麼做，才能不讓泰子不為了我勉強自己，能讓她明白我的感受！」

大河的手感覺好小。

「我對這樣的自己——」

似乎只要有那個念頭，就能夠捏碎她的手。

「厭惡到了極點……」

可是竜兒不希望這麼做。

他不想依賴大河，拚命揮去想從那隻手得到救贖、盡情泣訴心聲的誘惑。

因為如果真的這麼做，大河一定會為了竜兒做些什麼。大河為了別人、為了竜兒、為了自己喜歡的人，無論什麼事都做得出來。這樣不行，不可以這樣。

不可以讓她為了我而行動。

不能將大河牽扯進來。

不能讓她因為我溺水。

因為她是重要的人，因為她是不能失去的人，因為我絕對不能沒有大河。那場暴風雪讓我明白這一點。

既然重要，就應該好好珍惜，不能讓重要的人為我犧牲。所以我不能讓她看到我的痛苦，不希望她看穿我心中真正的想法。

無法互相了解只會讓人覺得痛苦。在無法互相了解的世界中，必須找出和他人連結的方法，這個過程正是人生的喜悅。真沒想到世上還有所謂「不希望他人了解」的想法。

「……我要讓泰子見識我的力量。」

力量？聽到大河重複他說的話，竜兒用力點頭，以快要發抖的嘴唇說道：

「我已經不是小孩子。就算沒有泰子幫忙，也能在這個世界生存下來。所以泰子可以不用再為我拚命。我要拿出具體的證據證明這一點，要把證據拿到她的面前。」

如果要這麼做，只有再一次甩開媽媽的手。這次不允許失敗，不能再讓任何人為我犧牲、溺水，所以這次我要一個人游出去。唯有這樣才能得到他人認同。

竜兒使盡全力張開手指，放開大河的小手，重新振作並且輕輕點頭：好！

這樣就好。

只要我想也是做得到的。

於是竜兒屏住呼吸，低頭看向大河雪白的臉——大河正望著自己獲得解放的手。有如洋娃娃的精緻美貌太過端整，無法判斷她的表情。大河柔軟的瀏海在刮過肌膚的寒風之中輕輕飛舞，竜兒伸手溫柔撥開沾上嘴唇的頭髮。

大河靜靜仰望竜兒的雙眼，滿是不停搖曳的光芒……

「……你要去哪裡?」

「我想到一件事。」

「不准去。」

大河搖著頭開口，聲音充滿不安。

「別擔心。我走了。」

竜兒跨出右腳前進。

大河繼續跟在穿著單薄的竜兒背後。就算叫她回去，她也絕不會乖乖聽話。

臨時想到有個地方非去不可——這不是謊言。竜兒一邊注意跟在身後的大河，一邊朝人來人往的商店街走去。

進口百貨行與文具店的鐵捲門已經拉下，不過還有兩家客層是附近下班民眾的小型超市仍在營業。便利商店當然也是大放光明。書店還沒關門，其他就是幾間居酒屋，以及以可樂餅聞名的肉店。真沒想到肉店居然開到這麼晚。

可是竜兒的目標不是可樂餅。

「……果然已經關門了……」

「你來這間店有事？」

竜兒停下腳步望著鐵捲門。阿爾卑斯——充滿懷舊氣息的字體躍然眼前，木頭看板上寫著西點屋，店名底下則是電話號碼。

竜兒拿出手機按下那個號碼，響了一陣子才聽到今日營業時間已經結束的電話錄音，接著進入電話留言。竜兒連忙開口：

「……很、很抱歉這麼晚打電話來。嗯，我是貴店前陣子錄用的兼職人員高須泰子的家人。就是……我有件事必須告訴您……啊！」

嗶——答錄機的錄音隨著無情的機械聲響結束。必須告訴對方自己的電話，是否應該再打一次？就在竜兒猶豫之時，大河輕戳他的手臂：

「『啊！』是怎麼回事？剛剛是電話答錄機？你的『啊！』一定也錄進去了。這裡是泰泰打工的店嗎？」

就在竜兒準備回答大河問題的同時，鐵捲門發出「喀啦喀啦！」的聲音打開幾十公分的縫隙。在燈光明亮的店內，有一名身著白色廚師服的中年大叔彎腰看向竜兒和大河：

「……剛才打電話的人是你？我在店裡就聽到聲音了。」

「啊，是的。呃……我是高須泰子的兒子。」

兒、兒子！大叔以常見的過度驚嚇反應大叫，鑽過鐵捲門走出來。

「抱歉，在休息時間過來打擾。其實是這樣的，我母親剛才身體不適——」

「咦？高須小姐？怎麼回事？要不要緊啊？」

「情況已經穩定下來了，不過——」

竜兒知道一旁的大河隱約動了一下眉毛，她似乎明白竜兒接下來準備說什麼。

「很感謝您錄用她。突然這麼說實在抱歉，但我希望能夠准許她辭職。」

什麼——！和剛才一樣的表情和聲音，這位誇張往後仰的大叔八成就是老闆。大河也用斜眼看著竜兒。

對，這是竜兒的擅作主張。泰子今晚向毘沙門天國請假，卻沒聯絡西點屋，似乎打算明天也要來上班。竜兒雖然清楚自己的做法會給西點屋添麻煩，仍在沒經過泰子同意的情況下，擅自代她向西點屋辭職。而且他打算瞞著泰子，說他接到西點屋的通知，叫她不用再去上班。

西點屋就在竜兒家附近，謊言總有一天會揭穿，但是竜兒管不了那麼多。他知道做這種事不能展現自己的力量，不過只要能讓泰子不再繼續逞強，就算如此亂來也無所謂。要是放著不管，泰子肯定會無視自己的身體，繼續增加工作量。

「哇啊——這樣啊……傷腦筋，我還覺得她做得不錯呢。」

「真的很抱歉，給您添麻煩了。」

「既然是身體出問題，那也沒辦法勉強。不過……有沒有什麼辦法能夠解決？例如縮短工作時間之類的，不行嗎？」

「不，那個……真的很抱歉。」

「可是後天就是情人節了，明後天除了一般工作，還有巧克力的特賣活動……這該如何是好？嗯——只剩下師傅了……身體不適的確不能勉強……嗯——」

正當竜兒滿是歉意地縮著身體時——

「……你能不能過來？」

看來老闆確實頭痛到了極點，居然說出這種話。

「你是高中生對吧？下課後過來也行。對了，只要明後天來幫忙也可以。拜託幫個忙，我們的人手實在不夠。」

抱歉，我們家禁止打工——竜兒正想這麼拒絕，又把話吞回去。我不是已經決定不再照著泰子所說的話，和過去一樣在泰子的庇護下生活了嗎？

並非什麼事都要反其道而行。這不是反抗，而是積極前進——或許是大幅改變自己存在方式的第一步。

竜兒連忙在老闆改變主意之前點頭，彷彿要拋開自身的猶豫：

「……好，明天和後天兩天都會過來。」

一旁的大河驚訝仰望竜兒的臉。不過這樣就好，這樣一來泰子就不用再來這裡工作。總之先讓一切恢復原狀。

如果老實對泰子說要打工，她一定會阻止，所以只要告訴她老闆把她開除了就好。竜兒在這裡打工的事總有一天會露餡，但是眼前只要瞞過泰子病倒的這段時間。

「唔哇！太好了！真是幫了大忙呢！」

「沒問題，我……」

「明天什麼時候可以過來？」

見老闆伸手，竜兒也準備握住，卻只握到空氣。「我？」老闆的手直接握住大河的手。

「和我沒關係吧！」

「妳是妹妹吧？不是啊！」

哈哈哈哈。大叔的冷笑話在寒冷夜空下空虛迴盪。「看臉也知道吧！」大河有點認真地大聲抗議。

「不過賣巧克力還是要女生啦。再說我們也沒有男生的制服。」

「我沒辦法打工！我很笨手笨腳……要是讓我打工，到時候可是會天崩地裂……！」

「只是販賣裝在盒子裡的巧克力，不會很難啦！告訴我妳明天幾點過來！」

那個……我、我呢……竜兒指指自己，不過老闆只是以熱情的視線注視大河。拚命搖頭的大河偷偷仰望竜兒的表情──

「……那麼……那麼，他也和我一起來。我們兩個一起。」

「喂，等等！這樣好嗎？」

旁邊的竜兒聽到大河的說法嚇了一跳，低頭看著雪白的側臉。老闆搔搔下巴點頭：

「嗯，就這麼決定了。不過我只付一人份的薪水喔？小兄弟的制服怎麼辦呢？」

「我們會想辦法。我只是來露臉，工作的是這傢伙。」

大河穿著竜兒的羽絨外套，岔開雙腿得意地挺胸指向竜兒。算了，用不著這樣。在竜兒打算這麼說時，大河低聲說了一句：

「工作的人是你。我只是在旁邊陪你，應該不會太累。現在的你還是有點危險，所以我要在一旁監視你。還有你剛剛說什麼？說我麻煩？說我什麼也做不到？我會讓你把那些話收回去。你只要跪著爬過來，把我當成神一樣崇拜我的偉大和體貼就好。」

為期兩天的祕密打工，就這麼乾脆地決定了。

＊＊＊

「打工！妳？」

実乃梨伸手指向大河的鼻尖，眼睛張大到眼珠都快掉出來。

「與其說是我，應該說是竜兒。」

大河用手指向竜兒的鼻尖。「是他啊！」実乃梨看著竜兒點點頭，眼珠又差點掉出來。

「今天和明天的放學時間，我們要去賣情人節巧克力。賣東西有沒有什麼訣竅？老闆說如果我們這兩天能夠把巧克力全部賣光，就給我們額外的獎金。」

「訣竅啊……嗯──就算遇到討厭的情況，也不能表現在臉上。」

嗯嗯。大河一面聽著実乃梨的建議，一面以撒嬌的動作拉扯動実乃梨斜揹的運動包。

「很重耶。」実乃梨把包包拿開大河的手邊：

「還有店長的眼睛睜開時要快點閃開。」

「……那個只有在小実工作的拉麵店才會發生。」

一整天的課已經結束，最後的起立敬禮也已結束。單身（30）在午休時間把大河找過去談話，但似乎沒有什麼具體結論。大河根本無心理會班導的說教，不過看來今天班導暫且放她一馬，大河才能趕得上打工的時間。

実乃梨開心地來回看著兩人的臉：

「先不開玩笑了。可是如果只負責賣東西，用不著那麼擔心。」

我丟——実乃梨發揮卓越的運動神經，從教室中央將果汁空盒朝著門口的垃圾桶丟去。空心球。

「好！好球！似乎不是詭異的工作，聽起來是個不錯的工作。說到販賣情人節巧克力，今天是重頭戲吧？想買的人應該會在今天先買。你們的店在哪裡？」

「呃——我忘記店名了。」

「阿爾卑斯。」

聽到竜兒的回答，実乃梨「喔！」了一聲，看來她知道那家店。

「我去過，還買過他們店裡的蘋果塔！原來高須同學即將成為那間時尚的阿爾卑斯的背景之一啊。」

「……我自己知道很不搭調。」

「照理來說打工的人只有竜兒，但老闆好像認為不適合打算拒絕。這樣竜兒實在太可憐了，所以我才會陪他一起打工。」

大河正經地對実乃梨說明整個情況。

「這樣很好啊？」

実乃梨重新揹好運動包，以燦爛的笑容看向牆上時鐘。看來是到了社團活動時間，於是用力指向竜兒的臉：

「很好！我支持你，高須竜兒！這輩子的第一次打工，加油！接招吧！真紅衝擊！」

「喔……那是啥？」

深紅毒針！実乃梨隨意敲了幾下手指，轉身走出教室。

好好睡了一晚，泰子的情況好多了。晚上泰子和竜兒約好不會喝太多、不會喝到隔天凌晨之後，照常去毘沙門天國上班。竜兒其實希望泰子能夠休息，不過又認為那些熟客應該比泰子本人更知道分寸。而且竜兒也對她撒謊：「後天要考試，所以今明兩天會和大河、北村一起去家庭餐廳念書。」泰子也相信了。

除此之外還有另一個謊言。竜兒表示昨晚泰子睡著後，阿爾卑斯打電話過來，叫泰子不用再去上班。雖然瞬間露出沮喪的表情，泰子還是相信了，抬起臉來微笑說道：「這是常有的事～～泰泰會再接再厲找份好工作☆」然後伸手摸摸竜兒的頭，彷彿在安慰小孩子。竜兒雖然是個有戀母情結的男生，這個舉動還是令他不太舒服，可是又無法逃避。

因為說謊的罪惡感，比想像中還要沉重。

可是……

「價錢只有兩種，大盒含稅五八〇圓，按收銀機上的黃色按鍵。小盒含稅三八〇圓，按這邊的藍色按鍵。輸入收到的金額就按下合計。」

叮──！收銀機發出熟悉的聲音打開，正好打中傻傻站在那裡的大河肚子，讓她忍不住悶哼一聲。

「商品裝進塑膠袋或是紙袋裡。聽懂了嗎？應該沒問題吧？」

「是的，我想應該沒問題。」

竜兒幹勁十足地站在收銀機前。老闆為了讓竜兒演練一下，以噁心的假音說道：「請給我這個。」同時遞來大盒巧克力和千圓鈔票。竜兒毫不猶豫按下黃色按鍵，輸入一〇〇〇、合計之後，收銀機立刻打開。竜兒拿出機器標示的找零金額：

「謝謝惠顧！」

微笑！

「唔！這部分……還是交給逢坂小姐吧！」

「謝謝惠顧！」

配合老闆的召喚，大河轉頭露出一個做作的笑容，擺明就是她只是站在那裡，不負責做事。不過老闆還是點點頭，「妳站過來一點。」把大河推到竜兒的前方，根本就是想遮住竜兒。這是什麼意思？

「那就加油吧！工作時間不長，所以沒辦法休息，你們就自己看情形去洗手間吧。」

如此說完的老闆便回到店裡。人們不斷在竜兒與大河面前匆忙往來。包裝精美的巧克力和收銀機堆在手推車上，擺在寒風吹拂的店門口。

冬天的天色開始變暗。商店街還沒到大部分人購物的時間，只有附近私立高中的學生吵吵鬧鬧走過，同時指著推車說道：「啊，在賣巧克力！」「明天是情人節啊！」然後就這麼走過去。

幸好竜兒和大河腳下有個暖爐，讓他們不至於冷到發抖——

「巧克力的數量比想像中還多……賣得完嗎？」

大河站在店頭懸掛的情人節裝飾底下偏著頭望向推車。眾多的巧克力堆成像座小山，推車下面還有滿滿一箱。

「話說回來，妳不覺得我的打扮好像有點詐欺的嫌疑？」

「嗯～～有點……說得也是。」

大河稍微站遠一點看過竜兒的裝扮，面有難色地皺起眉頭。竜兒一身借來的打工服是純

白的廚師服——也就是西點師傅在廚房裡穿的白色制服。穿成這樣賣巧克力，感覺好像這些巧克力都是竜兒做的。雖說看過貼紙上的小字就可以知道全部都是現成品。

「妳的制服就很不錯。」

「很不錯嗎?是喔……幫我拍張照片。」

大河從口袋裡拿出手機遞給竜兒。大河的制服是女僕圍裙與黑色毛織洋裝，泰子大概也是穿成這樣吧。微捲的長髮紮起，讓大河看起來更像可愛的洋娃娃。不過——

「……叫我拍照……被老闆看到會生氣吧?我們正在打工耶。」

「我又沒有打工，只是站在這裡。好了，拍吧。」

「我在打工啊!」

「一下子、一下子就好。」

大河擺出稍微拉起裙子的動作。沒辦法的竜兒只好用推車遮住手機，幫大河拍張照。

「我看看我看看……」

還以為她要確認照片，卻見她拿著手機對準竜兒。等到竜兒回過神來，已經聽到一連串快門聲。

「哇喔!這張照片真是驚人，拍到好蠢的表情。」

「……要我叫大叔開除妳嗎?」

「反正我又沒在打工。」

這傢伙……竜兒吐出白霧瞪視不正經的大河。

「不好意思，有沒有更小包裝的巧克力？一盒大約三顆裝的。」

一名看似附近主婦的客人豎起三根手指發問，嚇了一跳的竜兒差點沒跳起來：

「啊？呃，這種是六顆，這種是十二顆……」

竜兒回答得含糊不清、語焉不詳，根本就是答非所問。

「這樣啊……嗯，牛奶巧克力。」

客人看了巧克力盒子一會兒便失去興趣，把盒子擺回原處離開。

「啊——啊，走掉了。」

「哇啊，超緊張的。我看來鬼鬼祟祟的吧？」

「應該要更這樣——歡迎光臨！這麼說會不會比較好？」

「喔，也對。」

竜兒對露出奇妙表情的大河點頭，動手把推車上的巧克力重新調整位置，以方便一眼就能看見。

「笑一個～～店員大哥！」

「呃！歡、歡迎光……是你啊！」

竜兒差點趴在收銀機上。來者是悠哉傻笑的開朗蠢蛋春田是也。竜兒的確有告訴他今天要在這裡打工，不過可沒叫他過來。

「我們不是來玩的！回去回去！你的毛會掉進巧克力裡，走開！」

大河揮舞雙手企圖趕走春田，手指正好揮中春田的鼻子，不過春田還是笑個不停：

「別這麼說嘛，老虎～我是來買巧克力的～」

「這裡沒有適合賣給毛蟲的巧克力！好了，快回去！」

「要買的人不是我啊～對吧？」

春田轉頭和身後的女孩子相視而笑。那個女生是大學生吧？不對，更重要的是——啥？

竜兒和大河的眼珠差點掉出來，兩人馬上交換視線，驚訝地張大嘴巴。

「春田想要大盒還是小盒？」

「這種時候如果貪心說要大盒的，等一下會發生不好的事吧～」

「不會有那種事的。」

「那我要大盒的～！咻～！」

請給我這個——指著大盒巧克力的女孩頭戴毛線帽，美麗的頭髮長及胸口，身穿合身的淺灰色羊毛外套。

「五、五八〇圓……」

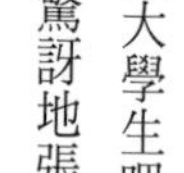

「好的。我記得有五百圓硬幣……我看一下。」

女孩從包包裡拿出莫名膨漲的錢包打算拿出零錢，但是錢包裡的收據、一圓硬幣和招福金龜等東西卻掉了滿地。春田幫女孩一一撿起：

「唉～妳真是邋遢～拿去～」

還以親密的動作把東西塞進女孩的口袋裡。如果兩人沒有一定的交情，不會有這種舉動吧？也就是說他們是——

「……我記得你沒有姊姊吧？」

血緣關係。

竜兒一邊把二十圓零錢和收據遞給對方，一邊開口確認。如果不是這種關係，那還會是什麼？只負責站在旁邊的大河驚訝到連舉手、發問都辦不到。

「才不是姊姊！嘻嘻嘻！是我女～朋友！」

春田身邊的女孩也露出微笑。

騙人的吧！我不相信！可是無論竜兒怎麼否定，那名女孩仰望春田的眼中就是有種特殊的親密感覺。

竜兒啞口無言，只能看著接過巧克力那隻雪白的手。她……根本就是大姊姊型的美女嘛！「謝謝謝、謝謝惠顧！」聽到大河的聲音，竜兒也連忙鞠躬。

離去之際，春田跑到竜兒身邊說道：

「我喜歡她喔～因為對小高高毫無隱瞞，所以想早點帶她來讓你看一下～」

春田在竜兒耳邊輕聲說完，又害羞地傻笑兩聲之後，便趕緊追上早一步離開的女孩。竜兒心想：或許是因為在校外教學時，向大家說出自己的單戀煩惱，春田才會介紹他喜歡的女孩。不過——

「怎麼會……！這個世界瘋了嗎……！」

竜兒也同意大河的說法。春田當然是個好人，竜兒也喜歡春田（真噁心）。可是到底要用什麼方法，才能認識那種美女呢？最令人好奇的是他們是在哪裡認識的？

「……也許是那名女生溺水時，春田正好路過救了她？如果不是這種理由，我實在無法接受……！可惡，歡迎光臨！參考看看！情人節巧克力！參考看看！」

竜兒近乎自暴自棄地用力大喊，沒想到這招奏效，接連吸引了三名客人購買巧克力。第三位客人還一次買下四小盒。

竜兒把長長的收據撕下丟棄，目送接過紙袋的客人離開。他原本以為這張臉鐵定不適合服務業，沒想到還算順利。他暫且忘記春田帶來的衝擊，放鬆嘴唇露出微笑——

「喂，我說你還是不要笑，繼續保持剛剛那張幽靈海盜船長的表情比較好。」

「我、我幾時露出幽靈海盜船長的臉……？」

「你滿懷嫉妒目送蠢蛋毛蟲的美麗女朋友時。對對對，就是這個表情。」

「……這個表情代表我被妳說的話傷害了好嗎？」

「還有雙手抱胸、閉上嘴巴、叉開雙腿站好。」

竜兒聽話地交叉雙臂，安靜地站在推車後面。結果兩位路過的ＯＬ打扮女性──

「啊，妳看，西點師父出來賣自己做的巧克力……」

「哇啊，好年輕喔。可是似乎很嚴肅……」

「不過這類年輕師傅做的巧克力，真的很令人好奇。」

「我買一個給男朋友好了。」

「我買來自己吃。」

到底為什麼有這種聯想？只見她們哼著《情熱大陸》（註：日本電視綜藝節目）的旋律走近。怎麼辦？如果她們問起：「這是手工的嗎？」我可能會忍不住說謊。

竜兒無意之間化身神社前面的貘犬……不對，是地獄守門犬，睜大眼睛凝視走近的兩人──膽敢踏入惡魔領域，就沉入血汗冷土（註：日文發音同高橋留美子的漫畫《福星小子》的劇毒點心「血汗冷吐」）裡吧，ＯＬ──！竜兒並沒有這麼想。

看到他的臉，雖然兩個ＯＬ有些害怕，還是指著巧克力：「請給我大盒的。」「我要小盒的。」在傻傻站立的大河身旁，竜兒以愈來愈習慣的熟練動作結帳，將巧克力裝入袋子交給客人，並用刻意壓低的沙啞聲音說聲：「謝謝惠顧。」買到了、買到了。兩名ＯＬ心滿意足地接過袋子離開。

「你看，真的賣出去了。」

「真的賣出去了……可以這麼做嗎？盒子上明明清楚標示是工廠製造……這是欺騙消費者……！」

「我們又沒有說謊。」

不過果然還是法網恢恢，疏而不漏……不，應該說剛才能賣出去純粹只是偶然，之後便不再有客人靠近。商店街的人潮雖然因為接近晚餐時段而增加，不過這個年齡層的客人應該不會購買放在推車上的巧克力。

「高須——老虎！情況如何？」

聽到有人呼喚自己的名字，兩個人抬起頭來。與開朗的聲音相反，身穿便服單獨現身的能登不知為何一臉陰暗。

「我在那邊遇到春田……春田和……他的女朋友。他說你們兩個看起來很閒，所以我過來嘲笑一下……啊哈，那是怎樣……女朋友……女朋友！」

「唉，算了算了。可憐的孤單眼鏡男來了。」

看到能登一個人過來，雙手抱胸的大河語帶諷刺：

「長毛蟲已經甜甜蜜蜜買了巧克力回去囉。你既然也在這裡停下腳步，至少要買一盒才能走。」

「不要，絕對不要！這樣太悽慘了！高須，你早就知道了嗎？」

「不，剛才才知道。」

「對吧！那是怎麼樣！居然背著我在其他地方交女朋友……啊──我受夠了！啊，可惡！我到底在做什麼，真是的……其他人也來過了嗎？大師呢？」

竜兒搖搖頭。能登應該知道北村現在還在學校忙學生會的事，他到底想問什麼？

「呃──亞美、奈奈子她們來過了嗎？」

聽到這裡，竜兒終於懂了。啊，該不會是……他隱藏自己已經察覺的情緒，以平靜的語氣說道：

「……木原沒來。」

若無其事地想引出好友的真心話。

「咦！呃，誰理她啊！我只是、只是想說木原可能又會開始騷擾大師、送他巧克力而已！就是這樣！她怎麼樣都和我無關！我是無所謂啦，不過老虎也很擔心吧！擔心那方面的事！」

「擔心什麼？那方面又是哪方面？再說就算木原麻耶送北村同學巧克力，為什麼你的反應這麼大？啊——我懂了，原來你喜歡木原麻耶。」

哇啊！竜兒斜眼看著大河。只見她的一句話就將能登的細微體貼與微妙心思毀掉，殘酷地點醒事實。可憐的能登臉上立刻染上鮮豔的紅色。

這些日子能登的「支持」已經讓大河厭煩不已。能登得意忘形地捉弄大河，因此大河的話中帶有這陣子累積的怨恨，狠狠地打擊能登那顆自己也搞不清楚、曖昧又容易受傷的心。不愧是凶猛的野獸掌中老虎，能夠嗅到弱小傢伙的血腥味。

「校外教學吵架時，你才發現自己在意她……對吧？哼——嗯，這種事稀鬆平常。好朋友蠢蛋毛都交得到女朋友了，你就試著放手追追看啊。你們滿登對的嘛？我是不懂啦。」

「啥啊啊啊！妳妳妳妳胡說什麼？不懂就閉嘴！妳真是莫名其妙、莫名其妙！」

「唉呀，慌了慌了。果然被我說中了，你的臉好紅。」

「拜託妳別再說了！別亂說話！」

「哪裡亂說了？這是很自然的事，男生的雄蕊和女生的雌蕊——」

「笨蛋——！妳的腦袋有問題！哇喔喔！」

「好了，明後天你都要和木原麻耶待在同一間教室裡。今後得要每天注意保持微妙的距離才行。給我傷透腦筋！感到痛苦！」

聽著大河高聲嘲弄，能登臉紅到令人同情的地步。竜兒忍不住想到：大河自己也是為愛所苦，現在居然對別人做這種事——

「……為什麼連你也臉紅了？」

「咦！臉、臉紅？我也臉紅了……！」

大河喜歡的人不就是我嗎？讓她因此傷透腦筋、感到痛苦的人不就是我嗎？竜兒不知不覺也受到影響。

「算算算、算了！可惡！大叔——！工讀生在摸魚——！」

聽到能登的吶喊，店裡的老闆馬上抬起頭來。竜兒搖頭表示：我們有在好好工作！能登則是趁著這個時候逃走了。

老闆雖然不是聽信能登的話，還是走出店門過來瞧瞧。看到推車上剩下的巧克力時，臉色顯得不太好看：

「已經快六點了，到這個時間還剩下這麼多，有點不妙喔。你們站在店門口販賣，會遇到學校的朋友也是無可厚非的事。不過既然朋友要來，就找些會買的人過來嘛。」

竜兒和大河尷尬看著對方。的確，目前的業績光是用來支付他們的打工費就沒了。

「嗯……雖說我只負責站著，還是有點責任。既然這樣，只好召喚祕密武器。」

大河似乎想到什麼，打開手機播打某人的電話。

「呃，不是只有妳一個人啊？」

聽到大河說自己在打工，特別過來嘲笑她的亞美，瞪了瞪一旁西點師傅打扮的竜兒。

「我走了。」

一轉身就準備離開。

羽絨外套與牛仔褲的休閒風打扮，搭配棒球帽和平光眼鏡，亞美的變裝仍然引來路過的男性頻頻回頭。「那個女生好可愛。」「是不是模特兒啊？長得好高。」修長纖細的身材，加上從棒球帽底下流洩而出的長髮，美得讓人一看就知道她不是普通人。

「唉呀，妳都特地過來了，別急著走嘛。來，蠢蛋吉，拿著這個。」

大河小心翼翼看過四周之後，從推車底下遞給亞美五盒巧克力。

「咦咦？我不要，別叫我做什麼怪事。亞美美這麼漂亮，做什麼事都會引人注目。」

「是是是，蠢蛋吉很漂亮、很醒目，所以我才會叫妳過來。來，快點拿著，然後大聲說：『我最喜歡這家的巧克力了！』」

「搞什麼？妳是要我做暗樁？」

「嗯，差不多就是那意思。」

「才不要！為什麼亞美美要做這麼無聊的事？而且旁邊還有個多餘的傢伙……少開玩笑

了！」

呸！亞美從斜下方瞪著竜兒，只差沒對他吐口水。可是竜兒——

「喲……」

雖然有些尷尬，還是舉起一隻手打招呼：

「最近還好嗎？」

還沒休學啊——竜兒以不被看穿的詢問視線看向亞美，不過亞美的回答是「嘖！」以及一句「滾開啦。」

面對亞美這種態度當然不可能不生氣，但是竜兒仍然正面迎向亞美，甘願受到冰冷對待，就像拉麵店那幫死忠顧客期盼滾燙的煮麵水一樣，藉由這種方式來表示服從，滿足自己無窮的被虐心願。因為竜兒和外表不同，他喜歡讓美少女冷漠對待，實現她們不合理的要求，屬於狂熱忠狗派的被虐狂——怎麼可能有這種事。

這一切只是因為竜兒不想就這麼應了亞美的希望，從她面前消失。他無法忍受依照亞美所說的話去做，因為亞美一句「失敗了～～」就被捨棄。他心裡也有一份複雜到意想不到、無法歸納的情感。

那種情感不單是「別再說妳要休學」或「我沒有試著了解妳，對不起」這類溫暖的關心想法，而是更強硬、奇妙的對抗心理，類似「我絕不接受只有妳擺出一副什麼都懂的表情」。亞美彷彿在說——我懂你，你卻不懂我。這點成為竜兒在意的地方。

我不希望亞美這樣看我、我不接受她這麼看我、不看未來發展就把我當成失敗品放棄。重點在於我希望獲得川嶋亞美的「認同」。

大河來回看著充滿極度詭譎氣氛的竜兒與亞美，只能不解地偏著頭。

「……原來蠢蛋吉和竜兒感情那麼差？該不會是我在校外教學之前，對蠢蛋吉說過『別和竜兒太好』所以蠢蛋吉就對竜兒發脾氣？」

「才、不、是！我們只是合不來罷了。我們絕交了。」

哼！亞美把臉轉到一邊，原本想趁勢離開，大河卻抓住亞美的外套袖子……

「唉呀，蠢蛋吉，別說什麼絕交嘛。對了，妳就老實一點買下這個巧克力送給竜兒，兩人和好吧？正好遇上情人節，真是太棒了。」

「妳在說什麼啊！再說……咦？要我自己花錢買？這連暗樁都算不上吧！」

「好啦，我送妳。啊，不過只能送一個！還有，妳就買一個自己吃，然後再買一個送小実和她和好。我可是看在眼裡……很清楚妳想和小実和好又無法如願的微妙吉娃娃心情……如果怕尷尬，我幫妳叫她出來吧？呵呵，沒想到是由我來創造讓自尊心過高的蠢蛋吉變老實的機會，人類真是難以預測的生物。」

「……唔！」

亞美不發一語脫下手套，以手套狠摑大河的臉頰。這是中古世紀貴族決鬥的表示。對於知道亞美內心複雜心情的竜兒來說，很能夠理解她為什麼會做出這個舉動——雖說他嚇得不敢插嘴。

「好痛！好痛啦，蠢蛋吉——！住手！再這樣我就把妳的模仿DVD上傳到網路！」

「關我屁事！隨便妳！」

「那就讓妳看看會增加精神負擔的東西！接招！」

大河打開手機蓋。

「咦……？這該不會是……噗哈！」

專心看著手機畫面的亞美頓時渾身無力，連帽子都掉了。她瞥了竜兒一眼，又噗哧笑了出來。她大概是看到大河剛才拍的照片。

「喔……喂！我也要看，拍成什麼樣子了？」

「勸你別看比較好，以免再也無法振作。」

「給我看！如果很糟，我要刪除！」

「這麼有趣的東西怎麼可能讓你刪除！」

竜兒忘了自己正在打工，不知不覺和大河搶奪手機，還以打籃球的動作伸手阻止。就在這時——

「啊！是川嶋亞美！」

行經商店街的國中女生大叫。路上有不少就讀附近國中的學生剛忙完社團活動正準備回家。人數愈來愈多，同樣世代的女學生一批接著一批湧過來。「原來她真的住在這附近！」「咦？那是誰？」「模特兒！真可愛！可以用手機拍照嗎？」——一眨眼的工夫，女子軍團全都拿著手機吵鬧不已。可以和妳握手嗎？妳讀哪間學校？一下子就聚集了許多人。

「川嶋真的是藝人……」

「我本來也和她們一樣。現在發覺還是別知道本性比較幸福。」

「咦，沒想到有人注意到了♡謝謝大家對我的支持——♡」亞美謹慎地拒絕拍照，同時進入水汪汪吉娃娃模式，親切地與大家握手、幫大家簽名。路過的大人不認識亞美，只是不可思議地觀望眾人的騷動。不過川嶋亞美對於國高中生來說，簡直就是偶像。

「對了，亞美在買這裡的巧克力嗎？」

「亞美買了！而且買了五個！」

亞美手上拿著大河硬塞過來的五盒巧克力。注意到這點的少女瞬間圍住推車。

「我也要買！我要和亞美一樣的！」

「我也要我也要！唔，好貴——！不過還是要買！」

每個人都拿出錢包。聽到少女們吵吵鬧鬧說著小的、大的，連不認識亞美的主婦也跟著湊過來一探究竟。

＊＊＊

當然不至於全部賣光光，不過今天的業績相當不錯。大河回家時也買了四盒小的，讓這座巧克力山又小了一點。

「前陣子我就打算要趁情人節回禮。原本想去百貨公司地下街買巧克力，可是現在要打工沒辦法去，只好將就一下。」

「回禮？回什麼禮？」

回家路上，竜兒與大河隔著一小段距離並肩走著。

「要送給北村同學、小実，還有你，謝謝你們救我的回禮。雖然送這種巧克力實在有點寒酸……還有蠢蛋吉也要謝一下，畢竟還把人家找來幫忙。剛剛說好要送她一個，結果忘記給她。所以一共四個，明天帶去學校。直接用這個包裝，會不會有點不太好？」

「要給我喔……直接用原本這個包裝未免也太普遍了。明天我們還要一起賣一模一樣的巧克力耶。」

「那我今晚想辦法換個包裝好了。」

「把巧克力融一融。至少也要融化再凝固，這樣就能說是自己親手做的了。包裝什麼的就別管它了。」

夜空裡升起兩道白霧。兩人冷得縮起身體，雙手插進口袋，走在每天必經的路上。刺骨的冷風充滿濕氣，感覺就連鼻腔都要凍傷。

大河看著自己的腳尖說道：

「……總覺得時間過得好快。一開始還在想時間怎麼那麼慢，有客人光顧後，時間很快就過去了。」

「我也有同感。」

低著頭的竜兒把圍巾拉到嘴邊，靠自己的呼吸暖和自己。

「工作雖然累，但是感覺起來意外充實。」

「沒錯沒錯，雖然我什麼也沒做。」

「妳有幫忙貼透明膠帶。」

想到這個打工只有今天和明天，竜兒不禁覺得有些可惜，他還想繼續做下去。與其東想西想，還是實際行動才能看得更清楚。昨天那股無能為力的焦躁與不安，今天便因為疲勞而淡化了。

「昨天我對妳說了那些話……真的很抱歉。」

也是因為大河的關係才能打工。這不只是精神上的意義，事實上竜兒也是因為大河在現場，才會被錄用。

「謝謝妳。如果只有我一個人，我想一定會隨便找些藉口不打工。」

「說什麼傻話，這種程度的事有什麼好謝的？真正要道謝的人是我。」

「難得看到妳這麼正經。既然這樣，就真的花點工夫上網查一下，看看巧克力可以怎麼變化吧。」

見竜兒露出開玩笑的笑容，大河看著他嘟起嘴巴問道：

「話說回來……如果我送你巧克力，你會高興嗎？」

「……啊？」

為什麼這麼問？竜兒有些驚訝地看著大河。大河似乎明白竜兒的意思：

「因為我不知道。」

「什麼東西妳不知道？」

嘟嘴的人變成竜兒：

「妳送我巧克力，我會不高興……？我是這麼沒人性的人嗎？妳真的不知道嗎？」

「我懂了……那麼我會加油，試著想辦法加油。」

大河將手上的塑膠袋打開一條小縫，盯著袋子裡的四個巧克力點點頭。

那種說法聽起來好像是要努力讓我高興——想到這裡的竜兒為之愕然。

大河努力想讓竜兒高興，因為她喜歡竜兒。

看著她的僵硬側臉，竜兒停下腳步。

大河曾經說過再怎麼努力也沒用，無能為力卻不放棄的結果就是摔落懸崖。但是她現在執意努力到底，代表她已經作好心理準備，就算再度摔落懸崖也不怕了嗎？為了竜兒努力，即使失敗落得慘痛下場，仍要為了竜兒努力。

既然這樣——一心想把大河從崖下救起的自己，該怎麼做才好？一心想抓住摔落的大河，把她拉上來的自己，該如何是好？

竜兒突然覺得腳下的立足之地崩塌，僵立在原地渾身顫抖。如果在暴風雪意外時沒有聽到大河真正的心意，自己也不會注意大河的改變——竜兒這才明白背後的意義。

竜兒一直認為假如當時沒聽到她的心意，什麼也不會改變，只要自己把一切忘了，就能夠恢復原狀。

事實上根本不對。

大河不斷從懸崖上摔落、受傷。即使如此，她仍然不願出聲求救，只是靜靜任由自己摔下去、消失、離開。這是她的打算。她將竜兒留在懸崖上的暴風雪裡，自己一個人不斷掉落直到退場。

大河沒發現竜兒呆立在寒冬夜空之下，一個人繼續往前走。沐浴在潔白燈光下的背影愈來愈遠，長髮有如隨著腳步聲的餘韻輕飄搖曳。現在竜兒的手和聲音離她好遠。大河一個人走了，這是大河決定的方向。

——那麼我呢？

大河出了錯，讓竜兒聽到內心的聲音。如果有什麼是因為她的錯誤而發生，那麼誰該負責？我只要忘記就行嗎？可是……

可是、可是、可是。可是……不行。我辦不到，大河。竜兒很想這麼說。要他看著大河一個人走掉，他做不到。無法對於她的心情與心意恍若無聞。即使真能忘懷、當作不曾發生，竜兒也不想這麼做。他不想再看見大河繼續受傷，因而再度把頭撇開。

他想拯救大河。

自己也和大河一樣，硬是吞下求救的聲音。想要抓住、想要依賴，但是仍然逼著自己拚命把手放開。因為這是竜兒必經的過程。

可是大河的情況——她照單全收，即使受傷仍然繼續努力，只為了抵達「竜兒」這個目的地。

竜兒想要解救摔下去的大河，無論幾次他都願意奔入暴風雪中抓住大河的手。他想要緊握住她的手，不讓她再次受傷、再次跌落。他不希望自己再度被大河拋下。

他希望大河了解這一點。

走在前面的大河用手按著被風吹亂的頭髮，終於發現竜兒沒跟上來，停下腳步轉身看往這邊。雪白的安哥拉外套在風中翻飛，長裙裙襬隨風搖曳。小臉蛋上的雙眸閃閃發光，桃色薄唇動了幾下，竜兒隱約聽到——竜兒！你在搞什麼！我還以為你和我走在一起，害我一個人講了這麼久的話！

——那就是逢坂大河。

我的同班同學，碰巧也是鄰居。人稱掌中老虎，既是任性妄為粗暴又旁若無人的千金大小姐，也是遭到父母遺棄的孩子。笨手笨腳、做事馬虎隨便，卻又纖細易碎，必須小心輕放，孤獨得就像不曉得該飛往何處的紙飛機。

她就是逢坂大河。

「大河……」

竜兒心想：我想用我這雙手解救妳。

想把獨一無二、光輝動人的喜悅親手交給妳——無論用什麼方式、無論它是什麼東西。

所以我不想忘記，也不願再裝作沒聽見妳的聲音。我一直想聽見真正的心聲。

可是大河似乎不明白這一點，也不明白竜兒的心情。

她拋下竜兒一個人離開，閉上嘴巴，決定永遠這樣下去。

5

情人節當天放學後，大河把大家叫到舊校舍的無人空教室——現在已經不用的集會室。早上大河特地不和実乃梨一起上學，獨自提早到校將紙條擺進這群人——竜兒、実乃梨、北村的鞋櫃裡。

她拉著不情不願的亞美雙手進入教室之後把門關上。傳統的紙條對亞美沒有用。

「呵呵呵，在這裡遇到算你們倒楣。」

大河邊關門邊露出邪惡的笑容。要她當著班上同學面前坦率道謝，似乎很難為情。

「遇到啥？明明就是被妳硬拖過來的！」

「蠢蛋吉，這點小事就別計較了！北村同學等一下要去學生會，小実要去社團，我和竜兒也有重要的工作要做，這樣子才能順利進行。」

「重要的工作？那個打工？」

啐！亞美不高興地雙手抱胸，一個人站在空教室角落。実乃梨笑著說聲：「唉呀，沒關係啦。」亞美也完全當作沒看到。同樣企圖安撫的青梅竹馬走近亞美，亞美卻大步走開，背對北村保持一段距離。不太在意的大河繼續說道：

「氣氛雖然不太好，不過今天是情人節。我帶著感謝的心意，親手做了巧克力要送給大家！」

然後小心翼翼從帶來的紙袋裡拿出四個包裝好的盒子。

「妳做的？大河？好厲害喔！」

実乃梨坐在站立的大河前方鼓掌，還摸摸驕傲挺胸的大河腦袋。過去曾經遭到大河荷包蛋幻覺攻擊的北村，也坐在実乃梨旁邊跟著拍手：

「逢坂親手做巧克力給我……嘿！真捨不得吃掉。」

北村也開心地大聲說道。

「……那個不是妳昨天賣的巧克力嗎？沒想到居然連這種謊話也說得出口……」

「才不是！我只是看那個包裝紙很漂亮，所以才拿來用，裡面的巧克力可是我仔細融化之後倒入模型裡凝固的！雖然模型只是碗屁股，可是我有弄出漂亮的圓形喔！看！黑眼圈！我可是做到半夜！」

大河對著亞美，指向自己的眼窩。竜兒知道她的確弄到凌晨五點才睡——因為竜兒一直睡不著，躺在床上望著大河房間裡洩出的燈光。

「反正一定又是高須同學幫妳的。」

「才沒有！我也要送巧克力給竜兒。」

「可是高須同學也有黑眼圈。」

「……那是我臉上的一部分。」

騙誰啊——亞美低聲反駁。竜兒在北村旁邊坐下，椅子表面和椅子都是一層厚厚的灰塵，竜兒卻不想擦拭，只是無力看著大河得意洋洋、嘿嘿傻笑的臉。大河正把裝有巧克力的袋子擺在桌上，她已經不再猶豫、決定閉口不提、繼續受傷了。

竜兒這才知道，這個世上確實有些事令人束手無策，而「改變人心」正是其中最困難的一件事。

「首先是——來！蠢蛋吉！謝謝妳昨天的幫忙！」

「……跟我無關，我只是被妳騙去幫忙而已。」

亞美接過巧克力，臉上表情很不悅。

「接下來是小実！妳在校外教學時救了我，妳是我的救命恩人，謝謝！」

「什麼嘛，幹嘛這樣。這種事可是天經地義的，笨蛋。只要大河遇到困難，我一定會立刻飛到妳身邊。」

「嗯～～最喜歡妳了，小実！」

「我也是！唔喔～～大河～～！」

大河和実乃梨挽著手臂確認彼此的友情。接著——

「竜兒！這是給你的，謝謝！我上網查過怎麼隔水加熱！你和泰泰一起吃吧！」

「喔……」

收下巧克力的竜兒沒辦法看向大河的臉。他原本是想笑著回應，不曉得為什麼變成搔著不癢的鼻頭，拚命掩飾自己的表情。

「接下來是北村同學！最大的給你！」

「喔喔……！拿起來果然沉甸甸的！真高興。不過把最大的給我，這樣好嗎？」

「當然啦！因為是你不顧自己的危險，把我從懸崖底下拉上來！竜兒告訴我了！啊，真是丟臉！我真笨！埋在雪裡的我是什麼表情？翻白眼？還是趴在雪堆裡？」

想要掩飾難為情的大河變得比平常還饒舌。身邊的実乃梨輕呼一聲：「咦？」然後轉頭看向竜兒的臉。北村似乎也聽到実乃梨的聲音，面對大河的笑容變得僵硬，眼神飄忽不定。

竜兒連忙躲開実乃梨的視線。

糟了——

自己雖然和北村說好要對大河撒謊，但是実乃梨……當時在場的她全都看到了。

大河想起意外發生當時的事，不禁羞愧得無地自容。閉上眼睛的她吐著舌頭，還拍打自己的臉頰想要隱藏害羞：

「啊啊～～真是討厭，實在教人難以置信，當時我還在想不曉得會怎麼樣。腳突然陷入雪裡，就這麼咕嚕咕嚕滾下去撞到頭，眼前一片白……昏過去就是那種感覺吧。好像在作夢，不小心說了些夢話。等我回過神來簡直嚇死了！好一陣子都覺得自己莫名其妙。」

下定決心的竜兒抬頭拚命直視実乃梨的眼睛。

拜託妳什麼都別說。就把這件事情當成這麼回事——如果想法能夠透過心電感應傳達給実乃梨，竜兒願意把靈魂賣給死神或魔王。可是実乃梨沒有回望竜兒的眼睛，而是看向大河發紅的側臉：

「……妳說了什麼夢話？」

「咦？我說不出口，不能說不能說！就算是小実也不能說！對任何人都不能說！所以妳不要問了！」

「妳就說嘛！」

「不行不行，而且那應該只是我的幻想。」

「我要妳說。」

莫名堅持的実乃梨甚至抓住大河的手腕。大河有些慌張，笑著企圖轉移話題：

「就說了連小実也不能說嘛！那些話絕對不能讓任何人聽到！被人聽到就糟了！」

大河似乎相信自己能夠把一切當成玩笑帶過，誇張地仰望天花板說道：

「如果被聽到就不會實現、就會活不下去，真的很嚴重！嘿嘿，應該沒被聽到吧？」

「是啊，沒聽到！對吧，高須！」

慌了手腳的北村學大河故意露出笑臉，拍拍隔壁高須的肩膀尋求同意。竜兒忍不住重重點頭：

「沒有人聽到，放心！」

大河說出喜歡竜兒的聲音，絕對沒有人聽到——

「……！」

実乃梨的雙眼突然狠狠瞪向竜兒。接著她的臉貼近到彷彿像要接吻的極近距離，差點連睫毛都要撞在一起。竜兒被這個舉動嚇得屏住呼吸。距離竜兒的嘴唇只有數公釐的嘴唇開口說道：

「大、騙、子。」

她的右手抓著大河的手腕，左手握拳說道：

「——你打算當作沒聽見嗎？」

然後對著竜兒的胸口、心臟的位置就是一拳。唔！竜兒被打得喘不過氣來。

「你所謂忘不了的事，就是指這個嗎？」

「……什麼？」

大河發出像是即將被殺的微弱低吟。桃色的嘴唇半開，眼睛望著実乃梨的耳朵，甚至忘了要眨。咦？搖搖纖細的脖子，舉起沒被実乃梨抓住的手撫摸自己的臉頰。她的脖子、下巴、耳朵、臉頰，都染上驚人的火熱顏色。竜兒以彷彿事不關己的模樣看著這些變化。霧玻璃般雪白的肌膚一下子染成鮮紅的玫瑰色，睜大的圓眼放出有如超新星爆炸一般從未見過的光亮。

四目相對的瞬間。

大河從嘴巴和鼻子吐出二氧化碳，彷彿掉落陷阱的老虎一口氣跳起來，扭動身軀企圖逃離現場——

「不～准～走～！」

就算実乃梨被大河拖著走，仍然不肯放手。被拉住的大河撞上実乃梨的身體，撞翻兩人之間的課桌椅，就連実乃梨屁股下的椅子也翻倒了。大河拚命想要甩開実乃梨的手逃走，実乃梨卻是踏穩腳步拉住大河：

「大河……！難道妳也打算裝作沒被聽到，就這樣算了？」

「放！」

竜兒只能瞠目結舌僵在原地。可是北村卻在此時突然悠哉開口：

「喂，高須，你真打算就這樣讓逢坂逃走嗎?這樣真的好嗎?」

「高須同學救了妳……!可是，卻發生必須說謊掩飾的事!這都是妳搞出來的!」

「放、開!」

竜兒看著北村的臉搖頭。

這樣不好。

我想聽聽大河的心情，希望大河能夠告訴我她的心意——

「為什麼，大河!到底為什麼妳連一句話……連坦然說出一句話都做不到!」

「放、開、我——!」

不曉得是因為汗水還是力量比不上大河，実乃梨終於放開大河的手腕。「喔哇啊!」実乃梨順勢後退幾步，用力站穩腳步。大河則是因為用力過猛整個人摔倒在地，還是趁勢以子彈般的速度飛奔而出，幾乎兩步就跨過整間教室。正當她要打開自己關上的門時……

「唔!」

北村搶先一步繞到她面前。大河仰望北村的臉，又快動作地往另一扇門逃去。

「蠢蛋吉——!」

大河發出絕望的叫聲。亞美當著大河面前把門關上。

「……啊——妳的臉好慘啊。」

面前的亞美出聲嘲笑大河。

実乃梨來到無處可逃而站立原地的大河面前，抓住她的肩膀：

「看這邊！大河！看我！」

「不要！不看不看不看不看不看——！」

「看看我是誰！我是実乃梨！是妳的好朋友！對吧？妳剛剛不是說過喜歡我？既然這樣，那就信任我！相信我的選擇！」

大河彷彿爆炸的炸彈不停揮舞雙手，更加激烈反抗。

「我信任大河！總是『小実小実小実小実』叫著我的妳，我相信妳不會把自己想要卻不敢要的軟弱歸咎於我！難道妳會嗎！」

「我——當然不會！」

大河似乎終於聽得懂人話，以慘叫般的尖銳聲音叫道：

「我只是希望小実能夠幸福！我希望最喜歡的小実能幸福！」

「開什麼……玩笑！」

跟著開口的実乃梨也以一樣尖銳的聲音回答：

「我的幸福，要靠我這雙手、只有我這雙手能夠掌握！對我來說什麼是幸福，只有我能夠決定，其他人沒有資格替我作主——！」

大河甩開忘我大喊的実乃梨，弄翻課桌椅四處竄逃。実乃梨踩在桌子上追趕大河，感到焦慮的她忍不住忘我地使出大絕招：

「可惡！休想逃走！」

從桌上縱身一躍，擺出老鷹的華麗姿勢撲向大河。

「啊啊啊啊啊！」

……原本是這麼打算，卻出現一點也不適合這個場面的常見錯誤。実乃梨落地時絆了一腳，結果是和她的死黨經常犯的錯一樣，臉部著地。

哇啊！蠢斃了……亞美低聲說道。大河趁実乃梨跌倒之際再度往門口跑去。過來阻擋的會是附近的北村還是亞美？大河在僅僅幾秒鐘邊看著左右猜測——

「事到如今……」

「我們也無能為力了～」

兩個青梅竹馬以有如親兄妹的動作，同時從門前退開一步，站在牆邊互換視線。「我們能做的事到此為止。」「沒錯。」兩人一起點頭。

大河輕易突破亞美打開的門跑到走廊。首先出聲的人是実乃梨：

「啊啊啊啊啊亞美，妳這個叛徒！」

然而竜兒也站起來：

「北村……！」

大河的腳步聲漸行漸遠，実乃梨和竜兒互相看著彼此。亞美甜美的聲音清晰響起：

「想追的人要是不快點追上去，那可不行喔。」

追上去之後——接下來怎麼辦？

竜兒吸了口氣，瞪向桌上大河送的巧克力，把它拿起來想塞進口袋卻塞不進去，只好自暴自棄地塞進褲子裡。

追上之後要怎麼辦？問了大河的心意之後又該怎麼辦？伸出手想救她，等她抓住之後要怎麼辦？

「……高須同學，我要去追大河了，因為我要說的話還沒說完。你呢？」

我該怎麼辦？

「我……」

看看実乃梨，可是事到如今還能怎麼辦？

「無論發生什麼事，我都不離開大河，所以……」

這份心情該怎麼說？竜兒知道的只有一點——自己不會再有半分猶豫。

不能讓她走，怎麼可以讓她這麼走了！我不會讓她丟下我一個人離開。

「……我要追上去！」

実乃梨用力吸氣並且憋氣，鼓起勁將自己的右手貼上嘴唇——

「很好，高須竜兒——別了GIANT！（註：日本漫畫家山口貴由的作品《斬鬼者‧覺悟》裡的名台詞）」

「……？」

把吻過的手輕輕碰上竜兒的唇，然後在受到驚嚇的竜兒面前露出惡作劇成功的笑容。

「你從左邊，我走右邊。大河的書包還在教室裡，要回教室必先通過穿廊。我們在穿廊夾擊大河。再見了！」

說完話的実乃梨便飛奔出去，裙子也隨之飛舞。竜兒看著她的背影一會兒，連忙跟著離開教室。実乃梨往右，竜兒往左，目的地是往下兩層樓的穿廊。兩人在學生會長面前大膽違反校規，全速在走廊上狂奔。

追到大河之後該怎麼辦？會怎麼樣？竜兒滿腔的熾熱轉換成為奔跑的速度。決定再也不離開大河之後，接下來將會面臨什麼？不曉得，但是腳步決不停歇。不曉得也無所謂，會變成怎樣也無所謂。

只要大河在我身邊就夠了。

「咦咦咦！怪了？」「喔！」——來到穿廊的竜兒與実乃梨碰面，但是兩個人都沒有看到大河的身影。

「怎麼會這樣！難道被她溜了？」

兩人注意到寒風吹拂臉頰，才發現一樓與二樓之間夾層的穿廊窗戶敞開。不會吧！兩人看向窗子另一側——窗外是教室所在的新校舍，如果穿著室內鞋從這裡跳下去，確實能夠早一步回到教室。

「……鞋櫃！門口！她沒換鞋子不能回家！」

「喔！」

兩人正想從窗子跳出去，卻遇到對面教室的老師探出頭來大罵：「你們在做什麼！」他們只好趕忙縮回腦袋，繞遠路回到新校舍的門口。

奔下樓梯的竜兒覺得來不及了，実乃梨八成也是同樣想法，不過還是兩階併成一階跑在竜兒前面：

「大河！妳聽見了嗎！」

她大聲喊叫，希望樓下的大河能夠聽到。

「喂，大河！妳一直想知道不是嗎？我……我也喜歡高須、高須竜兒！」

她沒有回頭看向身後的竜兒。

「我不會拿和妳是朋友當成逃避的藉口！我一直都喜歡他！甚至想過壓抑這股喜歡，把他讓給妳！妳是我重要的朋友，而妳需要高須同學。既然這樣，我也願意退讓……可是這只是我自以為是的傲慢心態……！剛剛我不也說了？我的幸福只有我能決定！我已經決定了！只有這麼做，我才能得到幸福！所以……所以！大河！告訴我妳打算怎麼做！」

來到一樓才發現還在學校的學生，因為聽到実乃梨的喊叫而回頭。歷經全力奔馳的実乃梨和竜兒累得像條快趴下的蟲子，終於來到2年C班的鞋櫃前面。

可是大河與她的鞋子都已經不在了，不曉得她有沒有聽到実乃梨的話。

「……！」

実乃梨癱軟在地，雙手抱著臉低下頭。竜兒還以為她在哭：

「妳怎麼了……！」

「……大概是剛剛跌倒撞到……怪不得我覺得有股血的味道。可惡……我受夠了。」

湊近一看，才發現実乃梨的鼻子正流出鮮紅色的鼻血。

＊＊＊

保健室老師離開了，実乃梨對著鏡子想看看塞住的鼻子。

「血應該不流了吧？別一直看著我好嗎？」

実乃梨坐在床上，用手遮著下半邊臉。

「嚇我一跳，我還以為妳哭了。」

「你以為我會哭？」

「當然。那種情況下一般都會哭吧？」

那就算是得到回報了——実乃梨小聲說完，露出害羞的笑容。讓大河逃走的兩人無計可施，只好先到保健室緊急處理実乃梨的鼻血。

「我已經下定決心不哭了。不過如果有人明白我的努力，對我來說就是莫大的回報。前陣子你問過我該怎麼做才能積極向前，對吧？」

「嗯，我記得。」

「我當時告訴你，只要下定決心就能辦到吧？你知道我下了什麼決心？我決定要努力實踐夢想。為此我決定不再煩惱不再流淚，繼續積極向前——這是我的決定。無論現實如何，我都要走下去。如果有人能夠明白這一點，那麼我覺得我的努力已經獲得回報。」

実乃梨伸手把塞住鼻子的栓子塞回去之後笑了：

「至於讓我努力下去的原因，是為了爭一口氣。」

実乃梨開心說起她和弟弟的事。弟弟順利在棒球界發展，一路進軍甲子園，接下來的目標是職棒選手。可是自己身為女孩子，沒辦法繼續打棒球。家裡以弟弟的夢想為優先，実乃梨的夢想不受到重視。

「我想要……繼續打壘球。我想要大喊：我的夢想也是很遠大的，而且我一定要實現！不過高中畢業的實力還不夠資格進入業餘壘球隊。所以我要存錢，靠自己的力量進入體育大學，繼續打壘球。然後朝著日本代表隊這個頂點邁進。」

「……這就是妳一直打工的原因嗎？」

「嗯。我心裡一直擔心說出來會被笑，不過我現在能夠光明正大地說出來了。我要告訴弟弟、告訴父母、告訴少棒聯盟的教練、告訴嘲笑我夢想的國中導師、告訴世上所有人，我想在世界的中心大聲呼喊。我要用我的方法達到我的頂點！我選擇抓住的幸福，就是這個！雖然這只是爭一口氣，可是這個堅持讓我不再哭泣，決定繼續往前走，走到我一個人也辦得到、走得到的地方為止。我希望讓眾人無話可說……所以我努力，就算哭泣、痛苦、難受，我也都會憑著一口氣撐過去。」

就算哭泣、痛苦、難受——從笑著說這些話的実乃梨臉上，竜兒看到了自己、大河、亞美、泰子，以及所有人的臉。即使嘴上不說，所有人都在某個地方、因為某件事而感到痛苦。有些人被打敗，有些人無法堅持。往後的路還長得很，沒有人知道有多少人能夠支撐到最後。

可是即使痛苦，実乃梨仍然朝著夢想直線前進。她一定能夠像現在一樣，永遠發光發熱地堅持下去。

她的光芒對竜兒來說比什麼都眩目，彷彿是救贖，也彷彿是路標。

「……我相信妳會努力。」

「好！只要你相信我，我就能繼續拚下去。」

櫛枝実乃梨看起來如此閃耀——沒錯！這就是原因。

「雖然是在『別了GIANT！』之後——什麼是『別了GIANT！』？在那之後能夠知道一些妳的事，我很開心。」

「那是因為你對我很好奇……我們今後一定也能不斷、不斷、不斷讓彼此看見自己的努力和想法。這就是——」

実乃梨單手高舉在面前，竜兒很自然地伸手貼住她的手。

「永遠。」

「……喔。」

——這場戀愛沒辦法開花結果。

但是接下來彼此的想法與羈絆，成了永遠的約定。過去兩人好幾次因為毫不隱瞞、坦承相對的心而互相傷害，才會變得如此成熟。別人會嘲笑吧？會低聲討論無法理解吧？可是竜兒心想，這就像是旅行——繞了遠路、遭遇挫折之後終於抵達目的地，也就是這裡、這個和実乃梨手心貼著手心約定「永遠」的此時。終於到了過去一直想要抵達的目的地。

「我想對大河說的話，全部說完了。我猜她或許聽見了……應該是聽見了，所以我不再追大河了。」

実乃梨稍微喘口氣，「嘿咻！」一聲抬起臉來：

「我還要去追一個人，那就是亞美。她時常一直亂跑，或許我會不斷被她惹火，或許我們會再吵架，我還是想去找她，希望能和她和好。再也沒有人能和她一樣陪我吵架了。我都不曉得原來自己能夠像那樣與人針鋒相對。她以強硬的手段將我不知道的自己引出來……絕對找不到第二個人，願意為我做這種雞婆的事。」

我很清楚亞美。実乃梨的笑容今天一樣那麼可靠開朗。竜兒認為那個和自己一樣笨拙的傢伙，內心一定能夠被実乃梨所照亮。

竜兒也想再一次、兩次、三次、無數次在亞美的心面前重新站起。

「好了，高須同學去吧。我們各自有該去的地方。」

＊＊＊

「喔！」

「……」

——沒想到剛才那樣逃走的大河，居然乖乖來打工，真是誰也無法想像。竜兒在千鈞一髮之際趕到打工地點，不過大河卻比竜兒認真，早就直挺挺地站在推車前面，一副什麼事也沒發生的模樣準備上工。

「沒……沒想到妳會乖乖出現。」

「……當然。雖然我不需要動手，但是打工就是打工，工作就是工作。」

哼！大河用力轉過臉，像個人偶一動也不動。推車正面有張老闆貼的海報，上頭用紅字寫著：「半價大拍賣！只有今天！」

大概是每年的慣例，或是客人受到紅字海報吸引而停下腳步，總之今天的半價情人節巧克力，意外地比昨天更受歡迎。可以看到許多準備買來當點心的媽媽帶著小孩子來購買，也有不少男性毫不害羞地買了兩三盒包裝精美的巧克力。

不斷叫賣的竜兒連喘息的時間都沒有，手也沒有停過。大河則是閉上嘴一句話也不說，直直站在原地不動。川流不息的客人好不容易變少，竜兒想趁機和她說點話，可是四目相對之後卻又說不出口，只好不發一語地將大河差點被暖爐燒到的裙襬拉開。即使如此，大河還是一動也不動。

想到要對她說「我不會離開妳」竜兒反而完全說不出口。

如果互相傳遞心意這件事能夠變得更簡單——如果能夠更懂得分辨哪些想告訴對方、哪些不想，就能夠知道大河現在想說什麼、她會說什麼，並且從此產生什麼。

即使不懂得怎麼做，竜兒還是想知道答案。然後他希望大河能夠發現之後產生的是喜悅與幸福。

竜兒偷偷看著緊閉雙唇站在一旁的大河側臉。直立不動的大河有如石像，眼睛看著商店街上的人來人往。

「我聽到小実說的話了。」

「……大河。」

她趁著沒客人的空檔小聲開口。

「你……不要笑我。」

「……我沒笑。」

「……不要笑我，不要看我，也不要轉過頭。」

連耳朵都一片通紅的大河應該閉上眼睛了吧。她一臉正經地說道：

「拜託不要笑我……打工結束後再聽我說。如果我又想逃跑……請你牢牢抓住我。」

怎麼可能會笑妳？

「好。」

有誰會嘲笑大河的心情？

竜兒的手上忙個不停，感覺得到身旁的大河正在微微發抖。竜兒有個夢——不是睡覺時作的夢，而是必須努力實踐的夢。高中畢業以後出社會工作，減輕泰子的負擔，然後不讓大河離開——大家一起生活。沒有任何人有資格嘲笑這個夢。

竜兒確認時間，打工快結束了。

打工結束之後，就能知道答案了。竜兒決心追著大河、不和她分開。他想知道大河的心意，他要親眼確認這個結果將會產生什麼。

「——你說謊。」

聽到這個聲音，竜兒手上的薪水袋差點掉在地上。

「你對泰泰說謊了。」

「……！」

穿過商店街來到國道路旁，泰子突然出現。她不曉得從什麼時候就在這裡看著竜兒和大河。大河也屏住呼吸僵在原地。

「媽媽……」

「約定的時間到了。回家整理行李吧。」

站在街燈下的泰子身上只穿著家居服和羽絨外套，身後停著一輛黑色的保時捷。

「她是……妳的母親？可是……」

那名大腹便便的女性盤著一頭比大河髮色更淡的栗色頭髮，不像日本人的端整表情一臉平靜，美麗卻又深不可測，她就是大河的媽媽。記得大河說過她們母女相處融洽。可是當對方大步走近準備抓住大河的手時，竜兒卻反射地將大河拉過來。大河也不禁叫道：

「別──別碰我！不准妳再碰我！」

突如其來的場面讓竜兒和大河兩人靠在一起往後退。如今搞清楚的事只有一點，那就是大河說謊。她們的確是母女，但是完全看不出來哪裡相處融洽。

「……你就是高須？我聽女兒說過你一直很照顧她，謝謝你。不過請你忘了我女兒。因為某些原因，這孩子和逢坂家將不再有關係，她將和我一起共組新家庭。」

「誰、誰要和妳這種人……和妳的男人、和那個小鬼一起住！」

瘋狂大叫的大河彷彿快要噴出火焰，躲在竜兒背後不停發抖。

「……為、為什麼？這、到底怎麼回事？我搞不懂……」

「大河妹妹的媽媽來我們家找人。因為手機不通，沒辦法的我就帶她一起去小竜說要去念書的家庭餐廳找人。沒想到到處都找不到你們，只好打電話給北村同學。是他告訴我你們在這裡打工。」

「這是有原因的——」
「我不想聽藉口！」
泰子什麼話也聽不下去，只是放聲大叫：
「我們約好了不准打工！可是你卻說謊、破壞我們的約定！我絕不原諒！」
「不原諒……那麼妳打算怎麼做！」
竜兒對於泰子不合理的憤怒以及獨斷獨行，也是有話要說。
「妳是為了我增加工作才會昏倒的。既然這樣，就由我代替妳工作，哪裡不對了？一家人互相幫忙不是天經地義嗎！」
「我不管其他人怎麼樣！在我們家裡，小竜只要努力念書就好！除了念書之外的事，泰泰絕對不准！」
「既然這樣……既然這樣妳就別昏倒啊！」
竜兒把手上的薪水袋丟在柏油路上：
「只要努力念書就好？家裡有錢的傢伙才有資格說這種話吧！增加工作卻昏倒的人，沒有資格說這種話！」
「昏倒只是偶然！為了這種事昏倒有什麼關係！泰泰只希望小竜能夠拚命念書、找到想做的事、成為了不起的人。這樣、只要這樣，泰泰怎麼樣都無所謂！」

「開什麼玩笑！」

抖個不停的竜兒幾乎想要衝上去揍人。自己一個人在波浪裡游著想要幫助泰子，這種想法最後竟然落得這種下場？

泰子把竜兒拉回她的身邊，不是因為她想幫助竜兒——而是自私，單純的自我滿足。既然這樣，我何必煩惱？又何必想那麼多？反正父母都是自私的。

「不念書的人究竟是誰？放棄自己想做的事、成不了大人物的人又是誰？那個人不就是妳嗎！」

「小竜……！」

「妳的父母對妳充滿期望，而妳卻背叛他們，不是嗎？因為我的存在而害妳做不到的那些事，現在換妳站在母親的立場加諸在我身上！妳只是希望達到自己想要的！只是希望自己變回父母眼中的乖小孩！結果，我——」

泰子的臉一陣鐵青。原來人心碎的瞬間，會出現這種表情——竜兒冷靜地看著她的臉繼續說道：

「如果沒有我，妳就能夠繼續當個乖小孩！妳就能過妳要的人生！如果沒把我生下來、如果我不存在，妳……媽媽就能過得幸福！妳因為這樣而後悔！為了我的存在……為了自己生下我，而後悔……！」

淚水停不下來，說出口的話也無法收回。泰子抱頭癱坐在地渾身發抖，竜兒無法上前關心泰子。

只有一件事。

自己存在於這個世界上，本來就是一場錯誤，原本就是不對的。

每個閃閃發光的日子、過去的幸福、或哭或笑的那些時刻、朋友的臉、煩惱和學會的事，全部——一眨眼間全部從手中溜走，或是在竜兒心中一片片凋零飄落。他知道那些東西已在瞬間支離破碎。

「竜兒。」

竜兒看見自己的左手被人緊緊握住。

「……大河。」

大河的母親正在關心不知所措的泰子。於是竜兒也緊緊回握大河的右手，緩緩挪動雙腳，兩人一起跑了起來。

我想去沒有任何人的地方。

竜兒與大河在腦中描繪在一起的兩個人就此過著平凡的日子，享受平凡的幸福。所以他們逃走了。

雪無聲落下。這一帶的冬天雖然寒冷，但是不太會下雪。

或許這是今年冬天第一場，也是最後一場雪。

後記

唔哇～～已經秋天了！今年夏天居然結束了！

我人生唯一一次、一去不復返的三十歲夏天，就這樣若無其事、什麼事也沒發生地過去了……不，也沒有什麼好可惜啦，只是季節來來去去，夏天雖然會再來，但是想到下次夏天的我比現在老，就感到十分疲憊。為了找到自己在這個世界的存在價值，似乎只能以類似智囊的生活方式為目標了。就像ゆゆこ的烤仙貝一樣……

我雖然是這副慘狀，還是盡快讓《TIGER×DRAGON9!》上市了。感謝一路相陪的各位，謝謝你們買下這本書！本集是《TIGER×DRAGON!》系列的第十部作品。出的書愈多，我也累積了更多報答讀者的能量。無論我在紙上寫下多少次「謝謝！」都難以傳達我的心意，真是令人焦急。各位讀者對我來說是一直陪伴在我身邊，我所熟悉的強力後盾。好好把作品寫出來送到各位手中，才是我與你們唯一堅定的羈絆。因此我會繼續寫下去！請各位今後也繼續支持！

換個話題。今年夏天，我就在自己家裡還有寫稿子的咖啡廳與超市往來之間度過。如果

把這三個地點連接起來，不知不覺畫出召喚惡魔的魔法陣怎麼辦？「妳進行了祕密召喚儀式，對吧！」如果有個任性的惡魔美少女突然現身眼前還對我這麼說……如果她的銀色長髮繫著黑色緞帶蝴蝶結怎麼辦？如果她張開水汪汪的藍色眼睛，有如少女的修長身材穿著黑色蕾絲編織的平口露肩洋裝，再搭上直到大腿的長襪……「妳把我召喚出來，就要負起責任！哼！真是窮酸的屋子！在這種地方和妳一起生活，真是慘斃了！」……我想我會先給她幾拳，再幫她換上運動服，叫她打掃房間。少給我裝可愛！先拿吸塵器把地板吸乾淨！再來把滿是雨漬的窗子擦乾淨！接著把《電擊大王》的公關書整理一下！對了，還有《SYLPH》雜誌也是！別忘了浴室和廚房的排水溝！現在的我家可以說是髒到最高點，已經打破我的歷史紀錄，髒到讓我想要逃避現實。這篇後記也是在咖啡廳寫下的。老實說，我一點也不想回家。有沒有住在這裡的選項……（沒有）

就是這樣，各位！真的十分感謝各位讀完本書。同名動畫已經開始播映囉！唔喔！看來我至少要收拾一下電視四周，才能看到動畫！（註：以上所述的動畫為在日本播放的時間）

竹宮ゆゆこ

Kadokawa Light Novels

TIGER×DRAGON SPIN OFF！

Kadokawa Fantastic Novels

作者：竹宮ゆゆこ　插畫：ヤス

天生倒楣鬼遇上無防備美少女
不幸與幸福交織而成的青澀戀情！

天生倒楣的學生會總務富家幸太，在某次倒楣的事件裡遇見學生會長狩野堇的妹妹狩野櫻。幸太迷上開朗可愛的櫻，沒想到櫻是個對自己的魅力毫無自覺的天然美少女！笨拙的兩人是否能夠順利交往呢!?書末還收錄大河倒大楣的「不幸的黑貓男傳說」。

NT$220/HK$60

台湾角川

Kadokawa Light Novels

天空之鐘 響徹惑星 1~9 待續

Kadokawa Fantastic Novels

作者：渡瀨草一郎　插畫：岩崎美奈子

戰姬的覺悟、司祭的夢想、王子的心願——
王宮的舞會上，少年與少女們各懷何種心思？

阿爾謝夫在國境一役中逼退塔多姆，但正在監視國境的戈達等人又發現不明玄鳥飛向阿爾謝夫？在這段暫時平穩的日子裡，王宮舉辦了舞會。跟隨在菲立歐身邊的兩位可愛少女成為眾人矚目的焦點，這時卻有一位謎樣的「面具男」潛入王宮——！

各 **NT$180~240/HK$50~68**

台湾角川

Kadokawa Light Novels

©RYOHGO NARITA 2004

無頭騎士異聞錄 DuRaRaRa!! 1 待續

Kadokawa Fantastic Novels

作者：成田良悟　插畫：ヤスダスズヒト

電擊小說大賞金賞《BACCANO！大騷動！》作者系列作
現身池袋的無頭騎士將展開豪邁的尋頭之旅！

池袋聚集了許多不尋常的傢伙——嚮往非日常的少年、電波系女跟蹤狂、熱中於情報販子的青年、專接詭異病患的密醫、迷上魔物的高中生，還有騎著黑機車的「無頭騎士」……這些傢伙們將讓池袋的每一天都充滿浪漫、鬥爭、驚悚！

台湾角川

NT$220/HK$60

Kadokawa Light Novels

獻上女神的祝福 1~7 待續

Kadokawa Fantastic Novels

作者：岩田洋季　插畫：佐藤利幸

傲嬌學姊vs乖乖牌學弟
新世代超純情校園奇幻喜劇！

我是吉村護。新學期來臨，我以學生會副會長的身分歡迎新生的到來。今年的新生被冠上「絢爛世代」這個稱呼。其中以歷代測驗成績第二名入學的女孩，不知為何對絢子學姊抱著敵意……新學期一開始，就揭開驚濤駭浪序幕的超純情戀愛喜劇系列第七集！

各 **NT$200/HK$55**

台湾角川

Kadokawa Light Novels

犬神！ 1~12 待續

Kadokawa Fantastic Novels

作者：有沢まみず　插畫：若月神無

川平薰的犬神發出SOS求救訊號
打算前往支援的川平啟太薰不得已求助赤道齋……

沒有犬神願意追隨的犬神主人・川平啟太好不容易才得到第一隻犬神・陽子，哪知從此陷入水深火熱的生活！而且兇猛殘暴又不聽話的陽子，其實還有個大秘密……第8屆電擊電玩小說大賞「銀賞」得獎作品，超人氣熱鬧愛情喜劇！

各 **NT$180~220/HK$50~60**

台湾角川

國家圖書館出版品預行編目資料

TIGERxDRAGON! / 竹宮ゆゆこ作 ; 黃薇嬪譯. --
- 初版. -- 臺北市 : 臺灣國際角川, 2007. 09-
冊 ; 公分. -- (Kadokawa fantastic novels)

譯自 : とらドラ!
ISBN 978-986-174-473-5(第4冊 : 平裝). --
ISBN 978-986-174-645-6(第5冊 : 平裝). --
ISBN 978-986-174-875-7(第6冊 : 平裝). --
ISBN 978-986-174-966-2(第7冊 : 平裝). --
ISBN 978-986-237-051-3(第8冊 : 平裝). --
ISBN 978-986-237-166-4(第9冊 : 平裝)

861.57　　96015825

Kadokawa
Fantastic
Novels

TIGER×DRAGON 9！

（原著名：とらドラ9！）

2009年7月22日　初版第1刷發行
2022年1月25日　初版第4刷發行

作者：竹宮ゆゆこ
插畫：ヤス
日版設計：荻窪裕司
譯者：黃薇嬪

發行人：岩崎剛人
總編輯：蔡佩芬
主編：朱哲成
設計指導：陳晞叡
印務：李明修（主任）、張加恩（主任）、張凱棋

發行所：台灣角川股份有限公司
地址：104台北市中山區松江路223號3樓
電話：（02）2515-3000
傳真：（02）2515-0033
網址：www.kadokawa.com.tw
劃撥帳戶：台灣角川股份有限公司
劃撥帳號：19487412
法律顧問：有澤法律事務所
製版：尚騰印刷事業有限公司
ISBN：978-986-237-166-4